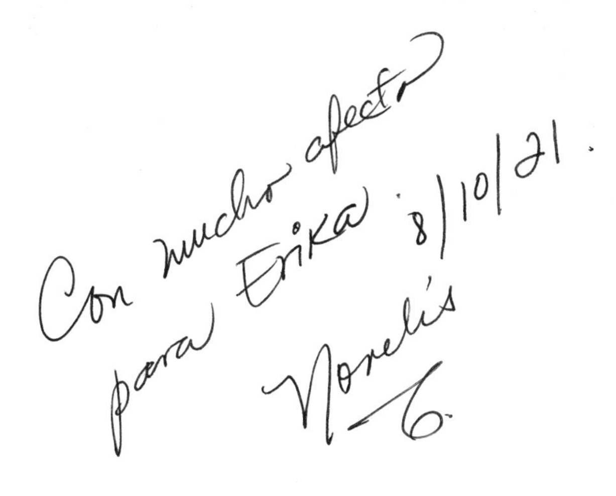

Un día cualquiera

NORELIS LUENGO

ISBN: 979-8-7089-9526-1

CONTENIDO

AGRADECIMIENTOS

A mi esposo Richard y a mis hijos Daniel y Natalie. Son la razón de esta aventura. A Rodrigo Hasbún, de quien aprendí que ser escritor tiene poco que ver con los demás y todo que ver con uno mismo. A mis hermanos José R. Luengo y Elsa Pittman-Luengo quienes tomaron un número increíble de horas de sus propios proyectos para dedicárselo a la revisión del mío. A Adriana Deppe Jacobs por la hermosa portada para el libro (@adriana.d.jacobs).

LA ALACENA DE LA ABUELA

La abuela viene a vivir con nosotros después de que el abuelo muere. En la casa, mamá le prepara una habitación pequeña que antes usábamos para guardar chécheres y ahora está acomodada con una cama, una mesita de noche y un ventilador. Lo único que la abuela le pidió a mi madre es que le permitiera traer la alacena que fue de mi bisabuelo y que éste le regaló a mi abuelo y a mi abuela cuando se casaron.

Es una tarde de febrero nublada y con brisa. Mamá nos alinea a todos por orden de edad para recibirla, como lo hacen las familias de dinero en las películas de época cuando esperan a sus parientes.

La abuela no quiso que la recogiéramos y llega con la alacena en el camión del señor Ramiro. "Ochenta años no son tantos", dice en una voz muy baja cuando ya está cerca de nosotros. Lleva un chal rosado sobre los hombros y a mi se me asemeja a una de esas figuritas de porcelana que están en la repisa de la sala, delicada y frágil. Nos besa y nos bendice a cada uno, y a mí me besa de último porque soy la más pequeña; no es más alta que yo a mis doce años.

Ya dentro de la casa nos dice que el mueble lo compró el bisabuelo en el almacén de un turco que le permitió pagarlo en partes. Es un rectángulo de madera oscura montado en cuatro patas labradas y al frente tiene una cresta adornada con hojas y flores diminutas. Se puede mirar hacia adentro de ella a través de unas piezas de vidrio que tiene en la parte superior de las puertas y éstas se cierran con unas llaves de bronce, pequeñas y pesadas; la abuela abre la mano y nos deja tocarlas.

"Me parece que acá en la terraza quedará bien la alacena", dice mamá a la abuela, y ésta le responde: "¿No vas a ponerla en la cocina?". Mamá se queda pensando. La alacena no parece ir con el resto de lo que hay en el área: gabinetes de fórmica, superficies de cemento pulido y salpicadero de cerámica. Ella se esfuerza mucho en que todo armonice en la casa, además de que la mantiene impecable. La alacena termina en la terraza.

Mamá me cuenta que la abuela no le perdona que se hubiese casado con mi papá. Deseaba para su hija un hombre "agraciado e importante", y en cambio papá era moreno –"negro", decía mi abuela– y "desaventajado". Por su parte, mamá no le perdonaba a ella que no hubiese asistido a su boda y la entristecía que la abuela pensara de esa manera, sobre todo porque ella misma había sufrido por llevar un casamiento arreglado y convenido con el abuelo por casi sesenta años. "Entenderás mejor cuando seas mayor", concluye mamá.

A través del vidrio de la alacena se ve un juego de copas de cristal, bandejas de porcelana adornadas con arabescos dorados y un juego de cubiertos de plata que mi abuelo le regaló a la abuela como parte de la dote. "Jamás los usé", dice ella. En una esquina del mueble se ve una cajita de plata para guardar cigarrillos. Tiene grabado el nombre del abuelo y un dibujo de un hombre pateando un balón. "Se la dieron de regalo cuando cumplió dieciocho años y, aunque era deportista, con eso agarró el vicio que lo mató", dice, y se queda callada a pesar de que parece querer decirnos algo más. La alacena tiene un aspecto funesto e imponente y me parece que es de un tiempo antiquísimo y de un lugar muy lejano; me pregunto qué otros secretos guarda tras sus puertas.

Los vestidos que la costurera le cose a la abuela a su medida son todos iguales: tienen el mismo cuello de solapa, una banda que se ajusta a la cintura y bolsillos a cada lado. Mantiene en éstos las llaves de la alacena y los llena a diario con las diferentes golosinas que guarda en ella. Cuando hacemos algo que nos pide, como levantarle el bastón, llevarle agua fría o peinarla, nos da a escoger la que queramos.

Mis hermanos pasan poco tiempo en la casa y se van a la calle con los amigos a buscar novias o a apostar a los caballos, y ya no comen dulces; yo a mis dieciséis años tampoco quiero comerlos porque tengo algunos enamorados y quiero cuidar la figura. Ahora la abuela solo guarda en los bolsillos las llaves de la alacena, como vigilante de museo que protege una gran obra. Tiene fotos nuestras dentro del mueble, pero mamá y papá no aparecen en ninguna de ellas; las cenizas del abuelo reposan allí, rodeadas de vajillas y de la canastilla de tejer. Sus vestidos lucen ahora descoloridos y le quedan anchos en la cintura y en su cuerpo encorvado.

Papá ha comprado una nueva casa con los ahorros de años de trabajo en las oficinas de una petrolera extranjera. Atrás dejamos ese bahareque al que le fue agregando ladrillos para darle altura a medida que nosotros crecíamos y así evitar que nos juntáramos con los del barrio. La casa es más grande y está ubicada en un mejor sector de la ciudad; es el sueño de mamá. Nos dice que aquí podremos relacionarnos mejor, conocer jóvenes como nosotros que van a las universidades públicas y que yo puedo salir a la plaza lejos de las insistentes miradas de los borrachos en las esquinas.

La casa huele a madera de cedro y a pintura. Tiene un jardín con grama y plantas de rosas y buganvilias de diferentes colores. Ahora mamá coloca la alacena en la cocina, en la única pared que no tiene gabinetes. Se ve completamente fuera de lugar con la encimera de granito y con las lámparas y artefactos eléctricos nuevos de estilo moderno, pero ahora le encanta. "Es como tener a tu abuela todavía conmigo", dice.

Por las noches, procuro no ir a la cocina para no encontrarme de frente con ese objeto lúgubre, misterioso y siempre…presente. La abuela nos contaba historias de muertos que siempre tenían algo que ver con la alacena. Allí se escondían y hurgaban para comer golosinas; allí lloraban y desordenaban las cosas. Las historias terminaban en carcajadas para todos excepto para mí. Me alegré cuando nos mudamos a la nueva casa pensando que mamá se desharía del tétrico mueble… pero no fue así.

Mamá llama a un carpintero que la lija y la pinta de un tinte más claro. En ella conserva las cenizas del abuelo y de la abuela y los objetos de cristal, plata y porcelana de ellos, que siguen sin tener uso; también guarda otras vajillas de una colección que ha empezado. Cuando me case y tenga que dejar a mis padres quedará atrás esa alacena que guarda con recelo las tristezas y recuerdos del pasado.

Mis padres no se hablan con el mismo amor de antes, pero mantienen el cariño y el respeto. "El amor va cambiando de cara con el tiempo", dice mamá. Papá sufrió un infarto que lo obligó a una jubilación forzada y ahora se dedica a ayudar a mamá en la cocina; también a cuidar las plantas sembradas en los materos posados sobre el piso de terracota del jardín. Con el calor eterno de la ciudad y la falta de agua, éste es más fácil de mantener que el césped de antes.

Convenzo a mamá de que mande a pulir la encimera ya manchada de la cocina y a pintar los gabinetes desgastados. Quiero también regalarle una nueva alacena porque la de la abuela está llena de surcos y tiene la cerradura dañada, pero no acepta. "Me gusta cómo resalta sobre el resto de las cosas", dice. Ya no le importa si le afea la cocina; quiero respetar su decisión y no le insisto.

Los domingos mis hermanos y yo nos reunimos en casa de mis padres. Recogemos los periódicos acumulados que tira el vendedor en el jardín y regamos las plantas secas en los materos. Mientras nos tomamos una cerveza, los ayudamos con alguna tarea especial como cambiar un bombillo, pintar la cerca de ladrillos que está ajada o mover algo pesado de lugar, y la mayoría de las veces cocinamos para ahorrarle a mamá la faena. Como testigos de la realidad de mis padres, en la alacena persisten las piezas de vajillas ahora cubiertas con facturas de agua y de electricidad, medicamentos para la presión y para el corazón, revistas *Selecciones* de mamá y fotos nuestras desteñidas por el tiempo; también herramientas de papá y juguetes que mis hijos y sobrinos dejan olvidados.

Un árbol de bucare crece en un hueco de la terracota y su sombra alivia el persistente calor del mediodía en la cocina y la terraza. Me pregunto si de la misma manera ha llegado esa sombra a sus vidas.

Hablamos de la situación de nuestros padres cuando ellos están distraídos con los nietos. Su salud es delicada y el mantenimiento de la casa es mucho trabajo para ellos, pero aun así se niegan a mudarse y dejarla.

Mis hijos visitan poco la casa de mamá; prefieren salir al club o al cine con los amigos. Mis hermanos y yo nos turnamos para hacerle compañía cada vez que podemos. Camina con la ayuda de un bastón desde que le operaron la rodilla hace dos años. La acompaño en el trayecto hacia la cocina para que se sirva un té frío y parece tener todo el tiempo del mundo. Paso frente a la alacena y veo la urna donde descansan los restos de papá. Aunque logramos convencerla de sacar de allí las cenizas de mis abuelos, se rehúsa a que nos llevemos las de él. "Todavía no estoy preparada para decirle adiós", dice. Puedo sentir el peso de la soledad en sus palabras.

Los últimos cinco años parecen haberle caído encima a mamá con la fuerza de veinte: olvida nuestros nombres a menudo, a veces no recuerda si ha comido o que papá murió. La extraño. No la veo desde que salimos del país hace un año, cuando la compañía asignó a mi esposo a una de las oficinas en el exterior.

La llamo para saber cómo está y el encargado del centro de ancianos me dice que hoy mamá no quiere hablar con nadie; que tiene sus días buenos y sus días malos. Mis hermanos me aseguran que ella está bien, que se entretiene con las actividades que organiza el centro, que le dan sus medicamentos a las horas que corresponden y que comparte con personas de su edad.

Vuelvo a llamarla dos días después y hoy sí toma la llamada. Conversamos de una de sus amigas del centro, viuda como ella, que le está enseñando a pintar. "Con la artritis que tengo me cuesta agarrar bien los pinceles, pero disfruto mucho combinando los colores para hacer uno nuevo", dice y luego agrega: "cuando mis nietos me visitan traen frutas y pastel para todos".

Me toma por sorpresa cuando pregunta "¿Aún tienes la alacena de tu abuela?". Le digo que sí, que recuerde que la traje a mi casa y la puse en el comedor. Que está pintada de un color turquesa claro y tiene una nueva cerradura. Que en ella guardo las vajillas que me regaló de su colección y la de la abuela. No le menciono que para mí, sobre todo, la alacena guarda mis memorias de la familia.

Me parece verla sonreír del otro lado.

UN ENCUENTRO CON EL PASADO

Me levanté a primera hora de la mañana, me bañé, me vestí con pantalones de yoga y camiseta y me dirigí al gimnasio. Hoy haría mi propia rutina en la sección de pesas libres y, al terminar, pasaría a visitar a mi amigo Sam, mi exentrenador. La noche anterior había recibido un mensaje de él, en el que me pedía que pasara cuando pudiera por su oficina en el gimnasio.

Toqué a la puerta y asomé la cabeza en la oficina que compartía con otros entrenadores; lo encontré preparando rutinas para sus clases.

–¡Hola! ¿Cómo está mi entrenador favorito? –dije.

–¿Y cómo está mi exclienta más disciplinada? Pasa, mujer.

–¡Eres un zalamero, por eso te quiero! –le dije, abrazándolo– ¿Querías verme?

–Sí. Te recomendé a una pareja que acaba de llegar recientemente a la ciudad y quieren comprar una casa. Les di tu tarjeta. ¿Te han llamado?

–No, todavía no –dije, revisando mi celular.

Sam me había conseguido varios clientes desde que yo había empezado a trabajar en el sector inmobiliario.

–Oye, me pareció curioso que cuando les di tu tarjeta, uno de ellos me dijo que a lo mejor te conocía, que tu nombre no era muy común. Es venezolano como tú.

–¿Uno de ellos, dices?

–Sí, es una pareja gay y tuve una sesión con ellos ayer. Ojalá te llamen.

–Crucemos los dedos. Me gustaría sobrepasar la meta de ventas de este mes –le dije.

Nos dimos un abrazo de despedida y quedamos en tomarnos un café en otro momento para conversar de nuestras cosas sin apuros.

Nunca me había tocado ayudar a una pareja gay, pero cada vez eran más comunes y tocaba avanzar con el mundo.

El día transcurrió sin novedades, con el trabajo de siempre. Ya en la casa, comencé a alistarme para ir a la cama; me quité el maquillaje del día, me cepillé los dientes y me metí a la ducha.

Escuché el *bip* del teléfono. A mi esposo no le gustaba que atendiera mensajes después de las nueve de la noche porque pensaba que era nuestro momento para relajarnos. Pero en trabajos como el mío, eso podía ser la diferencia entre un cliente ganado o uno perdido. Revisé el teléfono y era la pareja de la cual Sam me había hablado. Acordamos vernos por la tarde del día siguiente.

–¿Quién era a estas horas? –quiso saber mi esposo.

–Unos clientes potenciales que Sam me remitió. ¿Sabes que son una pareja gay? –dije cepillándome el cabello y, quizás sin darme cuenta, haciendo un gesto que mi suspicaz marido percibió.

–¿Y qué tiene eso de raro? Lo dices como si te incomodara trabajar con ellos –dijo él.

–¡No, no, para nada! Creo que estoy curiosa de saber cómo se tratan, cómo piensan, eso es todo –dije.

–Oye, te consideraba más moderna –respondió.

–¡Lo soy! ¡Claro que lo soy! –dije, defendiéndome y tomándole la mano–. Ha sido solo la novedad, créeme.

La mañana siguiente pasó volando en reuniones con clientes y en el almuerzo con mi supervisora, en el cual revisamos las metas mensuales y los *open house* que tendríamos las próximas dos semanas.

Muy cerca de la hora de reunión con los clientes nuevos, preparé los papeles que les entregaría y me dirigí al área de descanso a hacerme un café. De regreso, me encontré en el pasillo con un par de caballeros de mediana edad, unos pocos años mayores que yo. De uno de ellos emanaba un perfume varonil que olía a madera y cítrico. El más alto se adelantó y extendió su mano.

–Soy Diego Logan. Eres Alidana, ¿verdad? –dijo mirándome a los ojos.

–Sí, Alidana Walls –respondí, mientras lo escudriñaba con disimulo.

Tenía sendas entradas en la frente y se le hacían patas de gallina a los lados de los ojos cuando sonreía. Su cabello canoso, largo en el centro y corto a los lados, lo llevaba peinado hacia atrás y caía en ondas, en un estilo algo pasado de moda. Su compañero era canoso también y su cabello estaba rapado al estilo militar. Realmente ambos eran guapos y hacían una linda pareja.

–Sabía que con ese nombre había pocas –dijo Diego sonriendo y con aire de familiaridad.

Sus dos dientes delanteros protruían un poco con respecto al resto, dándole a su cara un aspecto infantil, y su sonrisa estaba enmarcada por dos hoyuelos que se le hacían en las mejillas. Correspondí a la sonrisa mientras mi cerebro abría y revisaba las cajas de memorias viejas, olvidadas.

–Te lo dije –continuó Diego, dirigiéndose esta vez a su pareja.

–¿Nos conocemos de antes? Soy venezolana, pero mi esposo es americano y uso su apellido –dije mirando al tal Diego. Esos hoyuelos… me parecía recordarlos.

–Soy Diego Rodríguez. Pero acá, como tú, uso el apellido Logan de mi esposo. Fui amigo de tu hermano Toni. ¿Me recuerdas?

–Sí, claro –dije para ser cortés, pero aún estaba llena de dudas. Diego no dejaba de mirarme.

Mientras conversábamos sobre su llegada a la ciudad, algunas memorias se iban desempolvando y empezaron a aclararse. ¡Era Diego! *Mí* Diego, como yo le decía entonces. A pesar de los años y de algunos kilos de más, seguía siendo un hombre atractivo. Yo había estado muy enamorada de él; un amor de esos platónicos y unilaterales. Llegué a insinuarle en varias ocasiones que quería ser su novia e invariablemente me contestaba que me quería como a una hermana. Yo lloraba a mares y le escribía poemas tontos que nunca le entregaba.

Toni me decía que no perdiera el tiempo con él y lo dejara tranquilo, que los universitarios no querían ligarse con muchachas de la escuela secundaria, y yo apenas cursaba el cuarto año. Habían sido amigos inseparables desde la secundaria y ahora estudiaban la misma carrera. Y de pronto no lo vimos más. No volvió a mi casa ni tampoco a la universidad, según me había dicho Toni.

Más recuerdos aterrizaban en el ahora, no como imágenes vívidas, sino más bien como ráfagas de sentimientos, algunos incómodos, otros nostálgicos. Me había presentado en su casa un mes después de no haber sabido nada de él y su hermana me dijo que se había ido becado a los Estados Unidos. Yo no lo podía creer: se había marchado sin decirnos nada, sin despedirse; recuerdo haber pensado que Toni y yo no nos merecíamos eso. Lloré por días, pero mi pobre hermano sufrió lo peor. La sociabilidad no era su fuerte y Diego había sido su mejor amigo; o mejor dicho, su único amigo. Se quedó muy solo y en continua espera de noticias de Diego, pero éste jamás lo contactó.

–¿Y qué ha sido de tu vida? Parece que te tragó la tierra –dije después que se había agotado la conversación y arreglando mis notas sin saber exactamente qué hacer con ellas.

–¿Desde cuándo quieres saber? –dijo sonriendo.

–Desde que te desapareciste.

Mis palabras salieron casi como un reclamo.

Se carcajeó. Su risa de siempre, fresca, despreocupada.

–Déjame ver cómo lo resumo –dijo.

Volteó a mirar a su esposo; éste revisaba su teléfono y parecía relajado, aunque levantaba la cabeza de vez en cuando para mirarnos.

–Me fui a estudiar a California, me gradué y me

quedé a vivir allí. Conocí a Paul y, años después, cuando legalizaron el matrimonio gay en el estado, nos casamos. Hemos vivido allí hasta ahora que lo han trasladado a Houston –explicó.

Diego posó su mano sobre la pierna de Paul en una forma muy natural. Traté de mantener mi vista en los papeles o en la ventana, ignorando esas eventuales muestras de afecto.

Diego, ¿gay? No me recuperaba de la sorpresa. Pero ¿qué me importaba esto después de tantos años?

–En California compramos una casa y ahora queremos aprovechar el mercado de Houston; es uno de los más estables –dijo Paul, con un fuerte acento y deteniéndose un poco en las erres.

–¡Ah, claro, sí, la casa! –dije.

De pronto había olvidado que estaban allí para eso.

–¿Está bien si me hago un café? –preguntó Paul. Parecía un poco impaciente esta vez.

–Discúlpame –dije, levantándome de la silla–. Pensaba ofrecerles uno y me he distraído.

–No te preocupes, yo me lo preparo y aprovecho también para ir al baño –dijo Paul, haciendo un gesto para que me quedara sentada a la vez que se levantaba de la silla.

–No te molestes Alidana, a él le gusta servirse su propio café –agregó Diego–. Es muy particular al respecto.

Siguió un silencio breve e incómodo que interrumpió mi jefa cuando entró a dejarme unos papeles sobre el escritorio. Diego le dijo que éramos amigos desde hacía mucho tiempo y que con ellos tendríamos unos clientes seguros. Por alguna razón, ser su agente ya no me parecía tan buena idea; nunca me había gustado este tipo de *encuentros con el pasado*, como yo los llamaba.

–Dime, ¿y Toni cómo está? ¿Dónde vive? –preguntó Diego cuando ya mi jefa se había retirado.

–Sigue en Maracaibo, trabajando. Está muy bien, dentro de lo que cabe. Ya sabes, la situación del país y todo lo demás.

–¿Finalmente se graduó? –preguntó.

–Sí. De ingeniero químico.

Intenté relajarme; quizás Diego estaba haciendo conversación para ser cortés. Después de todo, Toni y él habían sido grandes amigos.

–¡Qué bien! ¿Y se casó?

–No, no tuvo suerte –le dije.

–Sé que el matrimonio gay no es legal en Venezuela –dijo– pero al menos tendrá pareja, espero…

–No. Ni se casó, ni tiene pareja –dije cortante.

Paul entró en ese momento en la oficina con su café. Se había encontrado antes con mi jefa y ahora parecía entusiasmado de comenzar la búsqueda de la casa. Nos enfocamos entonces en hablar de las características de la propiedad que ellos querían comprar, delimitar los posibles vecindarios y el rango de precios. Firmaríamos el contrato de servicio hoy mismo aprovechando que Paul estaba presente, ya que por su trabajo viajaba con frecuencia.

Esa noche, sentada a la mesa en mi casa, de la misma manera que le daba vueltas a la ensalada griega apartando las aceitunas negras y sin comerme ni una hoja, le daba vueltas a las palabras de Diego: *El matrimonio gay no es legal en Venezuela... Al menos tendrá pareja.*

Pero ¿qué pretendía este necio? ¿Por qué se metía en la vida de mi hermano?

En su juventud, Toni había tenido momentos de desorientación; incluso paró de estudiar en la universidad por dos años, cuando ya Diego no estaba en Venezuela. Discutía a menudo con nuestros padres y su vida parecía estar desalineada con la del resto de la familia. Fueron momentos duros para todos. Recuerdo que yo me desaparecía de la casa para no estar en medio de tanto drama. Con el tiempo, la situación alcanzó cierta normalidad y él reinició sus estudios hasta graduarse, pero parecía haber sufrido mucho.

–¿Y a ti qué te pasa, *honey*? –dijo mi esposo, buscando mi mano con la suya.

Posé el tenedor sobre la mesa y le pregunté–: ¿Crees que es posible para alguien fingir ser quien no es toda una vida?

–¿Y a qué se debe esa pregunta? ¿De quién hablas?

–Nadie en particular. Es una situación hipotética. No puedo imaginarme que alguien mantenga un secreto... no sé cómo alguien podría aguantar toda su vida... ¡Ah! Olvídalo, son locuras mías.

–Relájate, loquita. ¿Quieres ver un poco de TV?

–Sí, vamos –dije.

El fin de semana pasó rápido y sin novedades: el sábado me reuní con otro cliente para mostrarle varias propiedades y finalicé la primera búsqueda de casas para enviársela a Diego y a Paul. El resto del día lo pasé con mi esposo en el Museo de Artes. Vimos la exhibición de Óscar de la Renta y luego cenamos en el café. El domingo lavamos la ropa, recogimos las hojas secas del jardín y pagamos cuentas. Y entre todo eso, hablamos y reímos de las circunstancias de cómo nos enamoramos, cómo hizo para ganarse a mi familia, cómo llegamos a ser quienes somos ahora mismo. Estos momentos que pasaba con él reforzaban mi idea de lo maravilloso que es tener una pareja, alguien con quien ser feliz y compartir hasta las horas más aburridas.

Me preguntaba si Toni habría sentido esto alguna vez y en caso de que no, si aún quisiera experimentarlo. En todas nuestras largas conversaciones jamás habíamos tocado ese punto. Simplemente asumí que él era feliz.

El martes por la mañana llamé a Diego para saber si habían revisado la información que les envié.

–Hay un par de casas de las que escogiste que nos gustaría visitar el fin de semana –dijo.

–Muy bien, dime cuáles son y arreglaré con el otro agente la visita.

–¿Vas hoy al gimnasio? –me preguntó.

–Sí, voy a comer algo rápido ahora mismo y salgo para allá. Tengo una clase a las 9:00.

–¿Crees que podamos conversar en lo que termine tu clase?

–Sí, claro. Así nos ponemos de acuerdo en las horas de las visitas –respondí.

–Quiero hablar contigo de otra cosa, aprovechando que Paul no está –dijo en un tono muy serio.

–Bien, nos vemos entonces en la cafetería después de la clase.

Ordené un batido *Morning's Heaven*, preparado con yogurt, banano y arándanos.

–Sin azúcar y con un chorrito de leche de almendra, por favor –le dije al empleado.

Pagué y me dirigí a la mesa. Diego llegó casi al mismo tiempo que yo, me saludó con un beso en la mejilla y nos sentamos.

–Continúas siendo una mujer bella –dijo con su gran sonrisa y los hoyuelos a cada lado.

En la luz del cafetín las marcas de su acné eran más visibles.

–No digas tonterías y dime lo que me querías decir –dije curiosa de saber por qué tanto secreto.

–Ese día que nos vimos y que te pregunté por Toni... no sé, me pareció que te dejé muy mal. ¿Estoy equivocado?

–No, no lo estás –admití.

–¿No has podido perdonarme que jamás les escribí o los llamé?

La verdad, yo misma quería entender qué era lo que me intranquilizaba de toda esta situación, pero incluso así, respondí:

–¡Por Dios!, han pasado tantos años desde entonces que ya casi he olvidado todo. Mucho menos podría estar molesta por eso –le aseguré.

–Y entonces, ¿qué pasó? ¿Te molestó saber que soy gay?

–Claro que no, no tengo tantos prejuicios…pero no dejó de ser inesperado tampoco –dije con sinceridad.

Con los codos sobre la mesa, entrelazó sus manos y las apoyó en su barbilla.

–Tengo miedo de equivocarme y decir algo que te ofenda –dijo dudoso.

–No lo creo, Diego. A nuestra edad hemos escuchado y visto muchas cosas –respondí, tratando de parecer despreocupada.

Igual el batido se me atoró en la garganta. Sentía venir una inmensa ola de esas que te revuelcan y arrastran sin piedad sobre la arena.

–¿No sabías que Toni era gay? –preguntó con una expresión en su rostro entre cuidadoso e incrédulo.

Como primera reacción, me provocó darle una bofetada o un puñetazo en la nariz. No sé, quizás en forma inconsciente quería proteger la imagen de Toni, lo cual a su vez no cuadraba con mi convicción de que yo era una mujer sin prejuicios. Me apresuré a responder.

–¿Y cómo puedes estar tan seguro de eso? Has vivido todo este tiempo fuera del país. Apenas nos conoces, ¿sabes?

Agité mi bebida con el pitillo sin ninguna razón por enésima vez.

–Antes de irme de Venezuela me propuso estar con él –dijo.

Me hubiese gustado salir corriendo y dejarlo allí, como nos había dejado él a nosotros, pero permanecí pegada a la silla; necesitaba encontrarle un sentido a todo esto.

–Yo sabía que él tenía sentimientos hacia mí –continuó– por cómo me trataba, cómo me miraba, las cosas que hacía por mí. Y creo que yo también los tenía hacia él, solo que no lo reconocía o no podía admitirlo en aquel momento –dijo, mientras yo ponía el vaso plástico del batido de regreso en la mesa, segura de no poder tomar ni una gota más.

–Cuando me propuso que fuésemos novios –siguió– lo rechacé diciéndole las peores cosas que podía decirle por haberse abierto conmigo. ¡Imagínate en aquella época cómo hubiésemos sido juzgados por todos! Mi beca ya había sido aprobada y yo me iba a marchar pronto de todas maneras; el descubrimiento y la aceptación de mi verdadera sexualidad no llegaron sino hasta años más tarde.

No atiné a decir nada.

–Alidana, por favor, di algo.

Mis memorias ahora eran como piezas de rompecabezas que fueron tomando su lugar para darle forma a una realidad, a una verdad. La depresión devastadora de Toni después que Diego desapareció. El abandono de su cuidado personal y hasta de sus estudios. Su búsqueda de identidad en esos libros de metafísica, filosofía y psicología que leía por horas sin fin. Su aislamiento de todo lo que lo rodeaba. El ciclo de la búsqueda de nuevos amigos, que pronto volvían a alejarse y que lo dejaban nuevamente deshecho. Su infelicidad escondida, disimulada a medias, sin nosotros tener idea alguna de lo que le pasaba.

Las lágrimas se acumulaban en mis ojos, y no eran por resentimiento tonto hacia Diego ni por la pérdida del amor entre ellos hace tantos años.

¿Cómo pude haber sido tan cercana a Toni, pero a la vez tan ciega? ¿Cómo pude dejarlo tan solo y no haberlo acompañado y apoyado durante todo este tiempo?

Esa noche, cuando reuní el valor necesario, marqué el número telefónico de Toni y él respondió con el saludo cálido y afable de siempre.

–¿Tienes tiempo para que hablemos? –le pregunté.

HASTA EL FINAL

La tía Elena, hermana mayor y única de mi madre, llevaba una vida activa con compromisos sociales, amigas y viajes, además de los cuatro matrimonios que tenía en su haber.

Tío Julián fue su primer marido, un hombre de buen carácter y con quien pude desarrollar una relación cercana. Tuvieron un hijo, *Junior*, quien falleció muy joven en un accidente automovilístico; prontamente y quizás hasta por la propia tristeza, le siguió mi tío. Pocos años después, tía Elena se casó con Rogelio, quien le curó la soledad que le dejaron esas dos muertes. Cuando Rogelio falleció ya yo me había casado y mudado a Houston. Perdí toda cuenta del siguiente matrimonio de mi tía (ni siquiera recuerdo el nombre del esposo), y solo sabía de ella por lo que me contaba mamá; luego, al enviudar de su tercer marido, tía se volvió a casar, esta vez con el americano James.

No nos veíamos desde la muerte de mi mamá y ahora que su último esposo había fallecido, hacía poco más de un año, solo era cuestión de tiempo para que decidiera venir a visitarnos. Cuando la llamé en ese entonces para darle el pésame, me contó que lo había querido mucho y que sus años con él fueron de los mejores. A pesar de su edad, tía pensaba que le faltaban cosas por hacer y por resolver en su vida, y debo reconocer que a mis cincuenta años me costaba mucho imaginarme qué le faltaría por vivir a sus ochenta.

Me llamó una mañana de fines de junio y sin muchos preámbulos anunció que llegaría en dos semanas, en un vuelo directo de Caracas a Houston. Me inquietaba un poco el cuidado de una anciana de su edad; mi madre murió de setenta y tres y en plenas facultades físicas, de modo que yo carecía de experiencia en estos cuidados. Tendría que adecuar la habitación principal de la casa en el primer piso para recibirla y mi esposo y yo mudarnos al segundo piso.

Cuando quise saber cuál sería la fecha de su regreso, me dijo que no era de mucha educación preguntarle eso a un invitado cuando éste ni siquiera había llegado. Ante mi insistencia, respondió que todo dependería de varias cosas que quería hacer durante su estadía, agregando como coletilla que ya me había vuelto muy gringa en eso de planear todo y que hasta en el acento se me notaba. Así era mi tía: frontal e impredecible, mi madre diría que caprichosa, y por eso fue un motivo constante de preocupación para ella.

Abandonamos por fin el tema cuando me aseguró que ella estaba acostumbrada a valerse por sí misma y que lo que menos quería era perturbar nuestra rutina (en ese momento pensé que también leía mentes). En unos días me olvidé del asunto porque en realidad estaba feliz de poder recibirla.

Fui a recogerla al aeropuerto una mañana soleada, con un ramo grande de margaritas que sabía le encantaban. Imaginé que llegaría en silla de ruedas porque era mucho lo que había que recorrer desde la rampa del avión hasta la salida de pasajeros, además de la espera en inmigración y aduana. Salieron varias decenas de personas sin que mi tía se presentara y comencé a preocuparme. Cuando iba a dirigirme al mostrador de la aerolínea a preguntar qué había sucedido, las puertas corredizas se abrieron y apareció una señora que caminaba sin ninguna premura. Arrastraba un equipaje de mano de rueditas y en su hombro traía un maletín de computadora portátil. Vestía un conjunto deportivo amarillo, unos zapatos blancos deportivos también y un sombrero redondo de paja fina con adorno de cinta blanca. De no haber visto sus lentes de sol, unos *Ray-Ban* redondos con vidrios de espejo de un rosado subido, no la hubiese reconocido. La caracterizaba su apego a esa marca de lentes, los cuales mi madre me había dicho que poseía en toda clase de colores, tamaños y estilos.

–Tía, por fin has llegado –dije abrazándola–. Ya estaba comenzando a preocuparme.

Su cuerpo era endeble y delgado.

–¡Ah, querida! Es que debí haberte dicho que tuvieras paciencia, que seguro salía de última, no me gusta usar silla de ruedas. Mi tercer marido estuvo en una por varios años antes de su muerte y eso me dejó traumatizada. Prometí nunca sentarme en ellas así que tomo mi tiempo para caminar. Gracias por estas flores tan bellas, querida –dijo tomando el ramo de mis manos–. Me encanta este recibimiento.

El verano de Houston es muy fuerte y durante la primera semana tía prefirió evitar el calor, así que no salimos. "No hay como el clima perfecto de mi Caracas", decía. Pasaba horas en su computadora leyendo y respondiendo correos electrónicos, y algunas noches la escuchaba hablar por el teléfono celular. Siempre tenía algo que hacer; compartíamos el tiempo de la cena y en ocasiones un almuerzo o juego de cartas con mis amigas, y los días transcurrieron sin darme cuenta.

Una tarde al principio de su tercera semana de estadía, cuando nos tomábamos un té helado en el patio, ella con abanico en mano a pesar de que el ventilador de techo estaba prendido, me dijo que se iba a Nueva York.

Mi mamá decía, y con buena razón, que de mi tía se podía esperar cualquier cosa.

–¿A Nueva York? ¿Pero qué vas a hacer allá?

–Tengo algunos asuntos pendientes –fue todo lo que dijo.

–¿Asuntos? ¿Cuáles, tía? Dime, por favor. ¿Y vas sola?

Me preocupaba que fuese algo relacionado con su salud.

–Sí, sola. Voy a encontrarme con alguien.

–¿Alguien? ¿Por qué tanto misterio, tía?

–No es ningún misterio, m'hija. Conseguí restablecer contacto con un viejo amigo y voy a encontrarme con él.

Pero ¿cómo? ¿Acaso mi tía estaba buscando novio de nuevo? Éstas eran algunas de las cosas que mi madre le criticaba.

–Tía…

–Te contaré con calma a mi regreso –dijo, dando por terminada la conversación. Y continuó como si nada–: Salgo pasado mañana. Este calor me tiene extenuada.

Pasé el tiempo de ausencia de mi tía preocupada por ella. Hablábamos de vez en cuando e intercambiábamos textos, pero ella continuaba críptica. A su regreso, durante el recorrido del aeropuerto a la casa, se mantuvo en silencio y pensativa. Contestó distraída a uno que otro comentario que hice sobre el tráfico en la 59 y el clima de Houston (temas sobre los cuales ella antes insistía en hablar, comparándolos con su hermosa Caracas). Detrás de los *Ray-Ban* podía ver las bolsas debajo de sus ojos más oscuras que antes. Sin el maquillaje que se ponía todos los días, se veía cansada y etérea.

–Te extrañé, tía –dije con sentida sinceridad.

–Y yo a ti, querida. Espero no haberte preocupado mucho. ¡Estuviste siempre tan pendiente de mí!

–Te confieso que me preocupé un poco al principio.

–Me imagino. Quizás vuelva pronto a Caracas, espero que no te importe.

–Quédate cuanto quieras, tía –dije con cierta tristeza.

–Extraño mi casa, mis amigas y también la comida de allá. Hasta James, que en paz descanse, lo reconocía: los sabores de mi patria son irremplazables.

Al llegar a casa pensé que mi tía querría descansar, pero en lugar de eso me pidió que le brindara un café con leche. El calor del día se había transformado en una brisa suave y fresca, atípica a finales de agosto, y aprovechamos para sentarnos en el patio.

–Espero que hayas arreglado lo que querías arreglar en Nueva York –me aventuré a decir–. ¿Me contarás ahora lo que de verdad fuiste a hacer?

Tardó en responder. Volteó a mirar un azulejo que se posó en la cerca.

–Tenía que salir de una duda, sobrina; una que no me podía llevar a la tumba. Aunque no me pienso morir todavía, ¡qué va! Verás –continuó–, cuando me casé con Julián lo amaba con locura. Más que mi primer marido, Julián fue mi primer amor. Él había sido asignado a un trabajo en Londres por un tiempo y yo no podía irme con él. En esos años, m'hija, yo estaba haciendo historia: una mujer a cargo del departamento de compras en una cadena de tiendas femeninas en Venezuela no era cosa común. Claro que nos veíamos lo más posible dentro de lo establecido por nuestros trabajos. Yo viajaba muy seguido a Nueva York y me sentía muy sola, ya sabes que nunca me ha gustado estarlo. Allí conocí a un hombre hermoso, y cuando digo esto, no exagero. Tenía unos pectorales que jamás vería después en ningún otro hombre, la piel dorada por el sol de Río y unos ojos almendrados y grandes color miel.

Yo escuchaba atenta, y quizás también un poco sorprendida.

–A pesar de todos estos atributos, ¿sabes cuál era su mejor cualidad?

–¿Cuál, tía?

–La labia. Podía convencerte de que te bajaba la luna y te la regalaba. Era un *encantador de serpientes*. Y bueno, de tanto vernos, y con el efecto de unos tragos, un día caí; sí, caí redondita a sus pies. Tuvimos varias noches espectaculares de rumba y sexo. Regresé a Caracas "más arrepentida que Lola", como decía tu difunta abuela.

–¡Guau, tía! Me dejas de una pieza –fue lo único que atiné a decir.

–Poco después del fogonazo descubrí que estaba embarazada.

–¿Qué?

Casi derramé el café por la sorpresa.

–Por supuesto que jamás le conté a tu tío Julián lo que había sucedido. A pesar de que Joao me buscó por mucho tiempo, decidí no volver a verlo. No podía, me di cuenta de que amaba muchísimo a Julián. Además, estaba muerta de vergüenza y no sabía cómo enfrentar todo eso. Solo ahora puedo reconocerlo.

–Te entiendo –le dije consternada.

–Cuando mi adorado hijito nació, la verdad es que no se parecía en nada a Julián y esto exacerbó mis dudas.

–Tía, ¿y pasaste por todo eso sola o le contaste alguna vez a mamá?

–Tu mamá jamás me lo hubiese perdonado, sobrina. Ya sabes que yo era un dolor de cabeza permanente para mi hermanita. Me dio miedo que me odiara y que me dejara de hablar de por vida.

–Eso jamás hubiese sucedido, mamá te quería demasiado.

–Yo diría más bien que no le quedaba de otra; yo era su única familia. En fin, no fue sino hasta una noche de esas que estábamos James y yo en el balcón del apartamento mirando el Ávila, que le conté lo que me había sucedido. Quise abrirme con él, que supiera mi secreto antes de casarnos. Me preguntó si me iba a quedar con esa duda carcomiéndome la vida y me ofreció ayuda para buscar a Joao y saber la verdad. Empezó indagando con empresas que prestan ese servicio de encontrar personas y en la internet. Al cabo de varios meses dimos con una pista; Joao seguía viviendo en Nueva York.

–Imagínate, tía, ¡qué coincidencia haber podido ubicar a Joao en este país tan vasto! Mejor dicho, ¡en este mundo tan vasto!

–Bueno, coincidencia como tal, no. Ayudó que James era jubilado del FBI y tenía contactos, sabía cómo hacer las cosas.

–No tenía idea de que tío James había trabajado allí.

–Poca gente estaba al tanto, cariño, tampoco tu madre. Para el momento en que me casé con él, ella había dejado de interesarse en mi vida. Dijo algo acerca de que no podía seguirme el ritmo.

–¿Qué hiciste entonces?

–Bueno, me puse en contacto con Joao y estuvimos escribiéndonos para arreglar un encuentro. James pensaba acompañarme, pero se enfermó y eso atrasó el viaje. Luego ocurrió su muerte y eso me hizo abandonar el asunto.

–Hasta ahora que has venido.

–Sí. Al principio pensé que ya no tenía importancia averiguarlo a estas alturas, pero sé que a James le hubiese gustado que yo llegara hasta el final de todo esto. Y creo que yo también necesitaba saberlo, sacarme esto del corazón, y pedirle disculpas a Julián aunque fuera en su tumba, si era necesario.

–Ajá, tía, y finalmente, ¿qué pasó en Nueva York? –dije, tomando un sorbo de mi café ya frío.

–Hicimos las pruebas de ADN con un mechón de cabellos de Julián *junior* que conservé después de su muerte.

–¿Y…?

–Y no, Joao no era su padre. Por fin puedo quitarme este peso de encima –dijo, respirando profundo.

–Dime, tía, ¿ocurrió algo más entre tú y Joao allá en Nueva York?

–¿Cómo crees, m'hija? ¡Nada de eso! Creo que me estoy poniendo vieja.

Tomó varios sorbos de su café y luego batió el abanico.

DEL OTRO LADO

A sus veintidós años, Gerimar conservaba la figura propia de una joven con buen cuerpo: cintura pequeña, nalgas firmes y redondas y unas piernas esculpidas que ahora separaba un poco hacia los lados para compensar el peso extra que le imponía la barriga.

En la arepera donde trabajaba habían despedido a muchos de los empleados por la situación del país, pero ella seguía ahí por el cariño que le tenía la esposa del dueño.

–Sé que necesitas el trabajo, m'hija. Además, al menos aquí tienes tu comidita del día –le había dicho la señora Rosario.

Regresó a la casa al final de la jornada y se sintió mareada mientras subía la calle. Entró y se dejó caer en la modesta silla de ratán. La vivienda de "interés social" donde vivía había sido construida por el gobierno de turno hacía más de tres décadas. La ilusión de renovarla se le había desvanecido desde hacía mucho tiempo; el sueldo apenas si le alcanzaba para cubrir los gastos de comida y transporte.

Su mamá entró en la minúscula sala y la vio sentada con las piernas explayadas y los ojos cerrados.

–M'hija, es que tenemos que decirle a ese sinvergüenza que dé la cara. Mira nomás cómo terminas cada día –le dijo.

–Si asoma la cara por aquí, ¡lo mando al carajo! –respondió ella sobándose la barriga–. Estoy sola en esto, mamá.

–Bueno, sola como que sola no, hija. Yo estoy aquí contigo, ¿o es que eso no vale nada? Pero pienso que ese desgraciado te debería ayudar, ¿o fue por obra y gracia del Espíritu Santo que quedaste preñada? Si me dieras permiso, yo fuera y se las cantara completicas ahorita mismo.

–¡Que no, vieja! No quiero que esa basura sepa más nada de mí o de mi hijo en su sucia vida.

Bastante se lo habían advertido las personas que conocían al hombrecito que la preñó. Gerimar intentó encontrar una posición en la silla que le permitiera respirar mejor.

–Ya cerré ese capítulo, mamá, ciérralo tú también; estaremos bien a pesar de todo –dijo, intentando convencerse a sí misma.

–M'hija, pero si ese es el asunto. Yo no te veo bien. Trabajas mucho y no has ido más a tus chequeos con el doctor.

Miró a su hija de arriba abajo: sus cachetes y orejas de un rojo subido, su abdomen que parecía a punto de explotar, sus pies hinchados. Era duro verla así cuando siempre se la había imaginado caminando en el escenario de una universidad recibiendo un título. Pero las condiciones del país no estaban para eso.

–Tengo miedo de que se me muera mi

muchachito, mamá –dijo Gerimar sintiendo el peso de una premonición.

–¡Cállate, muchacha, no digas eso ni jugando! –dijo la vieja, agarrándose el crucifijo del rosario que le colgaba del cuello–. Mejor hablamos de cosas buenas, ¿sí? ¿Ya pensaste en el nombre si es hembrita? Por favor, que no sea Gerimar porque tu papi sí que metió la pata con esa.

Gerimar lanzó una carcajada, como lo esperaba su madre. Era un chiste viejo entre ellas, desde que era apenas una niña y su papá aún estaba vivo. Lo hacían enojar echándole la culpa de ese nombre tan inusual que había escogido para ella.

–Ya te dije, vieja, es un varón, puedo sentirlo. Además, la señora Rosario dice que la forma de mi barriga es de varón.

–¡Ah, pues! ¿Y ahora la señora Rosario es doctora o qué? Creí que solo sabía de arepas.

–Te pones insoportable, mamá –dijo Gerimar con una media sonrisa–. ¿Me acompañas cuando vaya a parir? No quiero estar sola.

El tono de voz de su hija le recordó a la vieja el tono que usaba de niña cuando se encontraba en aprietos y venía a refugiarse en su falda.

–Hija, pero ¿qué pregunta es esa? Sabes que voy contigo hasta el fin del mundo. Lástima que no encontré nada en el abasto para hacerte una sopa de pollo, ese es el mejor remedio para todo. Déjame y te preparo más bien una agüita de toronjil –dijo, caminando hacia la cocina.

Gerimar acercó la mesita con encimera de vidrio, apoyó ambas piernas en ella y se llevó las manos al cuello, masajeándolo mientras esperaba el té.

Su vida había cambiado más de lo que esperaba.

Hubiera querido estudiar en la universidad, conocer gente fuera del barrio, tener algo de dinero y vestirse con esas cosas bonitas como hacían otras muchachas. Su papá le había inculcado desde pequeña que la solución a una mejor vida eran los estudios, pero después que él falleció, ella tuvo que trabajar en cualquier cosa para ayudar a su madre y a duras penas terminó el tercer año de bachillerato. Y luego esto, su embarazo. Le importaba un pepino si solo hacía dos comidas al día. Total, ya estaba acostumbrada. Pero su hijo era otra cosa. Lo sentía moverse y crecer y esto la alentaba a seguir cada día, pero ¿qué podría ofrecerle? No podía imaginarse una vida bonita para él.

Escuchó a su madre quejarse desde la cocina del poco gas que llegaba.

–Deja así el toronjil, mamá –le gritó–. Ya qué importa.

Le martillaba en la cabeza no haberse podido hacer el tratamiento que le sugirió el médico cuatro meses atrás. Había estado en el Hospital Ponte en Cabudare desde las cinco de la madrugada hasta bien entrada la tarde cuando finalmente pudo ver al médico. Se había sentado apenas a ratos, compartiendo la silla con su mamá, y se había sentido culpable de haberla traído con ella. Después de todo, su mamá ya no estaba para esos trotes y el problema era suyo.

Se había imaginado a un cubano de mal aspecto, de esos que el gobierno decía que eran médicos y que ahora abundaban en los hospitales públicos, viéndole la entrepierna. Sin embargo, el doctor que la había atendido era un venezolano con cabello bien cortado y bata limpia. Su aspecto no iba en nada con el estado abandonado del hospital. La había examinado con mucho cuidado y esto la había hecho sentir más en confianza.

–¿Por qué ha esperado tanto para ver un médico? –preguntó él–. El bebé está bien por ahora, pero usted tiene un problema de presión arterial.

"¿Por ahora?", pensó Gerimar. Su estómago dio varios saltos a pesar de que ella ya había dejado atrás los meses de náusea.

–¿Es grave? –preguntó ella.

–Pues más adelante podría serlo. Se le puede presentar un caso de preeclampsia.

–¿Pre qué?

–Preeclampsia, señora. Esperemos que no llegue a eso, claro, para que no esté en riesgo la vida suya o la de su bebé. Acá no tenemos los medicamentos, pero si los consigue siga este tratamiento durante dos semanas. Venga a verme cuando lo termine.

–Hay escasez de medicinas, doctor. Imagínese que hace meses no encontramos ni aspirinas para mi madre.

–Lo sé. Entonces regrese en dos semanas a ver si por casualidad han llegado aquí los medicamentos y podemos ayudarla con eso. No es seguro, ya sabe cómo es la cosa –dijo.

El médico escribió la receta de la farmacia y se la entregó junto con otro papel.

–Procure parir en otro hospital, aquí se están muriendo los recién nacidos –le dijo mirando hacia la puerta y en una voz tan baja que ella apenas le escuchó.

A Gerimar se le heló la sangre, aunque la única brisa que llegaba era la del ventilador destartalado que había en la oficina. Un soldado flacuchento y bajito se paseaba distraído con un fusil por el pasillo de afuera. No parecía haberse dado cuenta de lo que dijo el doctor; los militares cuidaban de la mala propaganda contra el gobierno.

En el autobús de regreso a casa, Gerimar abrió la nota y leyó en ella "Hospital Erasmo Meoz. Cúcuta, Colombia".

"¿Ir a parir en otro país?", pensó.

En los días que siguieron, Gerimar no consiguió las medicinas para hacerse el tratamiento que le colocó el doctor y decidió que no tenía caso regresar al desvencijado hospital. Racionamiento de agua, racionamiento de electricidad, escasez de medicinas y alimentos. ¿Pero en qué se había convertido el país en tan pocos años? Recordaba los tiempos en que su papá estaba vivo y aunque vivían humildemente, nunca llegó a faltar la comida en la casa ni las medicinas si alguien estaba enfermo.

La llegada de su madre con un vaso de agua la sobresaltó. Se la tomó toda, se levantó de la silla y subió las escaleras hasta el segundo piso de la casa. Era un ático de unos seis metros cuadrados que acomodaban una cama pequeña, un gavetero y un perchero improvisado.

Abrió una de las gavetas donde guardaba una vieja lata de galletas importadas que se la había regalado un antiguo novio una navidad. Sacó la lata, la abrió y volvió a contar el dinero que había estado reuniendo desde esa vez que habló con el médico. Parecía que cuanto más guardaba, más le hacía falta, y cada vez que preguntaba por el precio de los pasajes en autobús hasta Cúcuta estaban más caros y también la comida; con razón la señora Rosario hablaba a menudo de la tal inflación.

"Como sea me voy", decidió. El bebé se movió,

como si intuyera algo. Había leído en alguna parte que las pataditas dentro del vientre se sentían como alitas de mariposa, pero ella las sintió como martillazos.

Imaginó por un instante todas las cosas que podrían salir mal durante el parto, y hasta en el viaje. Había escuchado decir que los agentes en la frontera no estaban dejando pasar a las mujeres embarazadas, que las devolvían y que muchas parían allí mismo en el lado venezolano, con mínimos cuidados.

Hizo respiraciones profundas como lo habían sugerido en un programa sobre la maternidad que había visto alguna vez y tragó varias veces para aguantarse el llanto. Se recostó en la cama, apoyó las piernas contra la pared y se dejó vencer por el cansancio.

En la mañana la despertó la alarma. Tenía menos ánimo que otros días, pero igual se levantó, bajó al primer piso y carreteó agua en un balde desde el patio hasta el cuartito de baño. Desde que el agua dejó de llegar al barrio por las tuberías y la compraban a quienes la distribuían en camiones, había desarrollado una especie de secuencia para que le rindiera al máximo y con la mitad de un balde se bañó completa, barriga y todo. Se vistió, se despidió de su mamá y caminó despacio calle abajo hacia la parada de autobús.

La jornada estuvo dura ese día: atendieron varias decenas de comensales hambrientos (cuya única comida en el día quizás sería esa) y pasó mucho tiempo parada frente al fogón. La señora Rosario se quejaba de que era cada vez más difícil encontrar los ingredientes que necesitaban, pero allí seguían arreglándoselas. Apenas cerraron, Gerimar tomó los dos autobuses de regreso al barrio.

En la calle que subía hacia la casa, un pinchazo en el vientre le sacó el aire y se detuvo un momento para recuperarse. Respirar profundo, eso es lo que tenía que hacer, siempre le funcionaba.

Luego, sentada en la cama sintió otro pinchazo, y más adelante otro más. Le molestaban los pechos, ahora estaban más duros y pesados que antes. Se le aguaron los ojos, pero no permitió que se le llegara a escapar una sola lágrima; si sucumbía al llanto no tendría el valor para hacer lo que necesitaba hacer. Se sobó el abdomen y sonrió, imaginándose cómo sería la carita de su hijo.

Bajó a la cocina a buscar a su madre.

–Vieja, mañana nos vamos a Cúcuta como sea.

–Ay, Geri, pero ¿cómo? ¿Así tan de repente?

–Creo que el muchachito quiere nacer pronto y me da miedo esperar, mamá.

–¡Ay, Señor!, ¿y cómo estará la cosa en la frontera?

–Ya veremos, vieja, ya veremos.

Gerimar llegó a la casa antes del mediodía con un dinero que le pidió prestado a la señora Rosario. Sería suficiente para comprar los pasajes de ida y regreso y cubrir algunos gastos. Tomó la ropa de bebé usada que le habían regalado y la puso en un bolso. También guardó los pasaportes y dos bolsas pequeñas con conservitas de coco, catalinas y platanitos que había comprado hacía unos días previendo el viaje.

En el umbral de la puerta lista para salir, los pies de Gerimar se resistían a moverse, como si una fuerza magnética los pegara al piso. ¿Qué la esperaría del otro lado de la frontera? ¿Cómo sería todo? El sol picante de la tarde le quemaba los hombros.

–¿Qué te pasa, hija? ¿Tienes dolor? Estás blanca como un papel.

Gerimar tomó aire lentamente e intentó convencerse a sí misma de que aquello no era un desvarío.

–No es nada, mamá –respondió.

Cruzó el umbral, resuelta, y su madre la siguió.

Gerimar no descansó durante las siete horas que duró el trayecto hasta la zona fronteriza en San Antonio del Táchira. Los calambres en la parte posterior de la cadera iban y venían en unos espasmos que, aunque distanciados, la dejaban temblando. Entre un calambre y otro pensó que estaba cometiendo un error al dejar el país. ¿Qué carajos sabía de ella ese doctor que la había visto? ¿Qué sabía de su mamá y de cómo vivían? Se había vuelto loca. En ningún lado está uno mejor que en su país; eso lo sabe todo el mundo. Ni siquiera había salido alguna vez de Cabudare. ¿Qué haría su pobre vieja sola con el muchachito allá lejos si algo le pasaba a ella? Estas ideas se le mezclaban con el dolor de vientre, con el olor a rancio del autobús, con la sed.

Llegaron a San Antonio del Táchira casi de madrugada y se dirigieron al puesto de inmigración. Gerimar caminaba doblada hacia delante, agarrándose la voluminosa barriga con ambas manos. Disimular su estado sería casi imposible. ¿Por qué no pensó en esto antes?, se cuestionó a sí misma.

Se detuvieron frente al oficial, un hombre moreno y de cara sudorosa. Gerimar buscaba desesperada los pasaportes en el bolso sin poderlos encontrar. La madre, que ahora sostenía casi todo el peso de la hija, metió la mano, sacó los documentos y se los entregó al hombre.

–¿Motivo de la visita? –preguntó él, mirándolas de arriba abajo.

A Gerimar no le llegaron las palabras a la boca. Sentía los pies enormes, quizás le estaba dando esa cosa que le dijo el doctor. ¿Estaría en riesgo la vida de su bebé?

–Tengo una hermana que se enfermó y venimos a visitarla –se apresuró a decir su madre.

Ahora los estremecimientos le llegaban a Gerimar en ráfagas y solo deseaba cerrar los ojos y abandonarse, que pasara lo que tuviera que pasar. Apretó la mano de su mamá con fuerza y luego la soltó sin más ni más; la vieja recostó a su hija en la pared. Gerimar escuchaba voces a lo lejos. Habían llegado a Colombia, ¿no? ¿O estarían en otro lugar? ¿Qué gritaba su vieja? Vio desaparecer la cara de su mamá en un círculo cada vez más pequeño.

El funcionario se olvidó de sus sospechas al ver a Gerimar tan descompuesta; la cosa no pintaba bien para la muchacha. Salió del kiosco confundido y sin saber qué hacer, porque dejar el puesto podría costarle su trabajo.

–¡Busque una ambulancia, rápido! ¡Haga algo, no me la deje morir! –chilló la madre.

Otro oficial corrió hasta la oficina y regresó con el supervisor. Encontraron a Gerimar en el piso, sin reaccionar y rodeada de varias personas que intentaban ayudarla. Esto parecía diferente de otros casos que habían visto. El supervisor llamó de inmediato una ambulancia; llegado el caso, no quería ser responsable de la muerte de esta joven. El oficial estampó en ambos pasaportes el permiso de entrada y se los devolvió a la madre, quien le daba palmaditas en las manos a Gerimar, susurrándole cosas.

Gerimar despertó al escuchar el llanto de una criatura. El corazón se le apretujó. ¿Sería el de su hijo? ¿Cuánto tiempo había transcurrido? ¿Horas? ¿Minutos?

–¿Cómo se siente, Gerimar? ¿Sabe dónde se encuentra? –le preguntó el doctor, parado a un lado de la camilla.

A Gerimar se le enredó la lengua y solo asintió con la cabeza.

–Le confieso que nos pegó un susto, pero al final logramos controlarle la presión; usted se portó muy valiente.

No pudo decir ni una palabra, aún le latían las sienes. Recordó la ambulancia, la llegada al hospital.

Una enfermera se acercó, la ayudó a incorporarse con cuidado en la camilla y le dio agua. Su mamá estaba sentada en una esquina de la habitación, ojerosa y despeinada.

–La felicito –dijo el médico– su bebé está en excelente estado de salud. Ya se la traen.

Pusieron a la bebé en sus brazos, tan real como la muñeca que Gerimar tuvo cuando era niña. Detalló su carita: se parecía mucho a su abuela y poco al desafortunado de su padre. Dormía plácida, apartada de aflicciones y penurias. "¿Cómo se puede sentir todo esto por alguien que solo has visto una vez?", pensó Gerimar.

El doctor la sacó de su encantamiento.

–Le daremos unos medicamentos para que siga un tratamiento –dijo–. ¿Tiene familiares aquí en Cúcuta o cerca? Me gustaría verla en una semana.

–No tenemos a nadie, doctor –dijo la mamá.

El doctor se quedó pensando.

–Puedo tenerla acá solo unos pocos días, hasta asegurarme de que esté fuera de peligro. Necesitamos la cama para otras parturientas, muchas de ellas compatriotas suyas, espero que entienda.

La cabeza le seguía dando vueltas, pero igual Gerimar asintió. No era justo que todos los pensamientos acerca de su nueva realidad se le aglomeraran allí, en ese instante, cuando lo único que deseaba era contemplar a su hija.

–Ahora debe usted descansar –dijo la enfermera tomando a la bebé de los brazos de Gerimar–. Llevaré a su niña a la guardería y se la traeremos cuando le toque alimentarla.

La mamá se sentó en la orilla de la cama.

–Hija, lástima que en unos días nos tengamos que regresar a Cabudare; me preocupa que tengas que viajar así como estás.

Gerimar la miró y le tomó la mano. Solo podía pensar en su hija y en el futuro que les esperaba en Venezuela. ¿Deberían quizás probar suerte en Colombia? Después de todo, ya se encontraban del otro lado de la frontera. Además, ¿no era su hija ciudadana colombiana?

LA PRUEBA

Han pasado el día juntos. Acabas de cenar con él y con el resto de los colegas en el restaurante del hotel. Lo llamas desde tu habitación, de alguna manera lo extrañas. Inventas la excusa de no haber entendido algo de la última conferencia y de lo discutido en la mesa de trabajo.

Procuras que tus preguntas sean interesantes. Escuchas su voz grave, segura, y puedes imaginar los gestos que le has visto hacer antes, cuando está muy concentrado en las presentaciones de grupo: contrae las cejas pobladas y negras azabache y se muerde el labio inferior.

Se encadenan en una conversación que dura una hora, y aunque no puedes asegurarlo, quieres pensar que corresponde a tus coqueteos. Su voz es *sexy*.

–Oye, me da pena tenerte despierta hasta tan tarde y mañana debemos levantarnos a primera hora –dice él.

–Gracias por aclararme las dudas.

Diferentes sensaciones hacen estrago en tu

estómago. Susto. Excitación. Ilusión. No recuerdas la última vez que sentiste esto.

–Por nada; es bueno conversar con colegas, sobre todo si son tan apasionadas y entregadas a la profesión como tú –dice.

Estás a salvo, no puede ver tu bochorno. Piensas que te está seduciendo; es lo que deseas.

–Bien, nos vemos mañana –respondes.

Él se tarda en colgar y oyes su respiración. Tú cuelgas primero.

Te recriminas a ti misma. "Demasiado osada. Parezco una tonta".

Trabajan para la misma compañía en diferentes ciudades y lo has visto en otros cursos de entrenamiento. Nunca habían hablado sino hasta ahora, cuando te sentaste a su lado por casualidad en una de las reuniones.

Te gustan los hombres altos y él es de mediana estatura. Prefieres los hombres extrovertidos y él es un poco tímido. "¿Qué puede atraerme tanto?", te preguntas.

Tiene unos ojos verdes que miran con intensidad detrás de unas pestañas larguísimas y por debajo de su camisa se notan unos músculos bien definidos. Se expresa de una manera inteligente, es amable y seguro de sí mismo, y parece interesado en todo lo que dices.

Das muchas vueltas en la cama antes de quedarte dormida.

La mañana siguiente, durante el buffet del desayuno, buscas la mesa donde se encuentran tus colegas, mejor dicho, donde se encuentra él. Caminas con el plato en la mano y notas cómo él mira tus piernas y tus caderas aprovechando un descuido de todos. Sube la mirada y se encuentra con la tuya; disimula y se coloca la servilleta de tela sobre las piernas. Te acercas, saludas a todos y, disimulando, te sientas lejos de él. Lo miras sonriendo, estás feliz de encontrarlo allí.

Pasas el día entretenida en las conferencias, a veces prestando atención y otras no tanto: su mirada de deseo esta mañana no te abandona, se te han clavado esos ojos verdes en la memoria. Te preguntas si lo estás inventando todo. Su interés. Sus miradas furtivas. Lo que sí es real es la corriente que sientes entre las piernas.

Tus ojos lo siguen de lejos, dónde se sienta, con quién habla. Sonríe mientras escribe en su teléfono, luego lo llaman y sale del recinto para atender. "Su esposa, seguramente", piensas, y arde algo dentro de ti. ¿Celos?

Por fin llega la hora de cenar. Están todos sentados a la mesa y deseas hablarle pero estás a dos puestos de él. Lo escuchas y participas en la conversación; no puedes negar que es encantador. Sabes que es casado, le has visto el anillo en su mano izquierda y seguro él ha notado el tuyo. Un compañero cuenta un chiste y él despliega esa sonrisa amplia y pareja, enmarcada en unos labios carnosos, humedecidos, que te disparan la imaginación.

Llega la hora en que tu esposo espera tu llamada, pero no quieres dejar la mesa y apartarte de él. Aguardas a que los del grupo se vayan para quedarte con él a solas y esperas que él desee lo mismo.

Piensas en tu esposo y te gustaría que las cosas volvieran a ser como cuando eran novios. Inesperadas. Espontáneas. Alocadas.

Los compañeros se han ido despidiendo poco a

poco después de la cena y por fin están solos, cada uno frente a un café. Conversan de todo: trabajo, películas, restaurantes. Ríen. Tienen muchas cosas en común. Suena su teléfono y se excusa para atender. Regresa a la mesa y te sientes incómoda, como si estuvieras robándole algo a alguien. Se despiden, él parece tener cierta urgencia.

Subes a tu habitación y llamas a tu marido. Se ha quedado dormido esperando tu llamada, pero igual responde y te cuenta de su día, y tú a él del tuyo. Todo está bien; te dice que tu hijo duerme desde hace rato y que te extraña. Te sientes culpable de inmediato.

Unos minutos después se despiden. El matrimonio bien llevado de diez años te da seguridad y familiaridad, pero deseas al otro. La pasión que te genera este hombre no puede jamás compararse a lo que has construido con tu marido y al hijo que te espera en casa. "Es una inmensa locura". Con este último pensamiento aprisionado en tu cabeza, te quedas dormida.

La programación de conferencias del día siguiente los pone a ambos en diferentes caminos. Se desocupan a las tres de la tarde y mientras los colegas se van a hacer turismo, tú decides relajarte en la piscina. Él también se queda y te convences de que es solo una casualidad. Subes a la habitación; chequeas el teléfono en búsqueda de algún mensaje. Nada.

Te pones tu traje de baño, el pareo y bajas a la piscina. Todavía atraes miradas. A tu esposo le gusta tu color de piel tostado, siempre te lo dice; solo él tiene esa virtud de halagarte y de hacerte creer su halago.

Te remojas por un rato y ordenas un vino blanco. No quieres pensar en tu regreso a casa, en lo predecible que se ha convertido la relación que te espera, ni en cuánto adoras a tu hijo. La imagen del otro hombre vuelve a emerger frente a ti.

Hueles el peligro de la situación a leguas. Tu esposo es uno en un millón. "Diez años de casados no es mucho, ¿o sí?", piensas. Cuando lo recuerdas se ensancha tu corazón, pero no tu sexo.

Finalmente, lo admites: quieres meter al otro en tu cama. Pones a volar tu imaginación y despiertas unas fibras que estaban dormidas. Te das otro chapuzón a ver si se te pasa la calentura.

Pierdes la esperanza de que él se presente por la piscina. Te secas, recoges tus cosas y subes a ducharte.

Por encima del ruido del secador de pelo escuchas el teléfono, puede ser tu marido.

–Aló –tu voz sale desanimada, seca.

–Soy yo –dice el otro–. Los compañeros no están y pensé que no estaría bien que cenaras sola.

No esperabas su llamada y menos su propuesta. "A ver, tonta, organiza esos pensamientos. Es solo una cena entre colegas", tratas de persuadirte a ti misma.

–Me parece buena idea. Podría estar abajo en una hora.

–Te espero –dice.

Como cuando estabas en el onceavo grado de la escuela, tu corazón galopa ante la expectativa y te pruebas cada una de las pocas piezas y posibles combinaciones que traes en tu maleta. Lamentas que sean tan pocas; te decides por una blusa color malva, manga corta y de escote bajo, y una falda ceñida azul.

Recoges tu cabello en un moño alto dejando afuera algunas mechas. Labial rojo, línea de gato negra en los ojos.

Cruzas el lobby del hotel y te diriges a la puerta del restaurante. Lo buscas y allí está. Sonríes. Sonríe. Te acercas, él te espera de pie y te aparta la silla.

Te gusta el vino, en especial si lo tomas en buena compañía. Toman la primera botella hablando de libros, de sueños que han tenido, de viajes que quieren hacer, de gente que les cae gorda y gente que les cae bien.

Parece que se conocieran de toda la vida. Ordenan otra botella y luego otra más; han cenado algo delicioso, pero ya no recuerdas qué. Estás embriagada tanto del vino como de él. Se ha hecho tarde y deciden que ya es tiempo de regresar a sus habitaciones; a la mañana siguiente se clausura el evento.

–Te acompaño para asegurarme de que llegues bien –dice él.

–Ni creas que estoy borracha, ¿eh? –dices, intentando permanecer erguida para disimular el mareo.

Llegan a tu habitación y abres la puerta.

–Entra, quiero enseñarte el libro del que te hablé –dices.

Él consiente. Miras la cama y tus pechos se quieren salir del sujetador; deseas tener sexo como no lo deseabas desde hace mucho tiempo. En un impulso, tomas su cara y lo besas como si fuera la última vez que vas a besar. Él te corresponde en la misma medida, te aprieta contra sí, suelta tu cabello y te desabotona la blusa. Sabes que todo esto es un error, pero no te detienes y, como una roca que se une a la avalancha, te entregas al momento. Dos veces son suficientes para calmar tu sed.

Amanece. Él se levanta y se viste. Tú finges seguir dormida; él se acerca y retira una mecha de cabello de tu cara con suavidad y sale de la habitación. Te duele la cabeza, pero más te duele el vacío que sientes; no encuentras nada que te justifique. "Quizás perdí la cordura", te recriminas.

Te bañas por más tiempo del necesario tratando de borrar los rastros de lo ocurrido y ordenas café a la habitación. Asistes a la clausura del evento y lo eludes a él a toda costa. Bajas al lobby muy cerca de la hora de tomar el taxi al aeropuerto y de nuevo saludas a todos y a nadie en particular. Él te observa y tú disimulas leyendo material de los cursos; no quieres toparte con su mirada.

Llegas a tu destino. Tu esposo pone la mano sobre tu cintura, te acerca a él y te abraza con fuerza. Con el otro brazo sostiene al niño; sus bracitos regordetes te rodean el cuello y se te humedecen los ojos.

En el auto, camino a casa, recibes un mensaje: "¿Qué te pasa?". Más tarde recibes otro: "¿Qué hice?". Tú no respondes. Borras ambos mensajes.

Aún piensas en sus besos.

EL INNOMBRABLE

13 de junio, 2010 a las 8:01am.
Para: Alicia
De: Mona
Asunto: Te extraño
Amiga, ¡cómo me pega tenerte lejos! Hace apenas unos días que te fuiste y ya te extraño. Acá me estoy tomando el cafecito de la mañana, aunque no sabe igual que cuando me lo tomaba contigo. Tampoco disfruto mucho la caminata sola, a pesar de que el clima está bonito. Parece mentira que nuestras vidas hayan cambiado tan de repente, en apenas semanas. Cuando puedas, déjame saber de ti, de cómo estás y cómo es todo por allá.

Xoxo,
Mona

19 de junio, 2010 a las 6:30 pm
Para: Mona
De: Alicia
Asunto: Dudas

¡Ay! Monita, por fin te escribo. ¡Yo también te extraño! El viaje a estas tierras se me hizo larguísimo. Aquí todo parece sacado del libro *Las mil y una noches* y a veces me parece que estoy metida en uno de esos cuentos. Todo lo siento tan ajeno. Ahora con la cabeza fría me pregunto, ¿qué carrizo hago yo aquí? ¿Cómo pude aceptar este trabajo? Pensé que, al separarnos, él me seguiría hasta los confines del mundo porque no podría vivir sin mí… y aquí me tienes, ¡sola! ¡Qué triste es la realidad! Ahora somos como dos desconocidos. Amiga, la inseguridad me ahoga; a veces no creo que sea capaz de valerme por mí misma. Creo que si salgo de este atolladero estaré lista hasta para cruzar el desierto.
No me aguanto, necesito preguntarte, ¿lo has visto? Mejor dicho, ¿los has visto?
Yo también te extraño mucho, y el café que me preparabas también.

Mua, mua.

Alicia

27 de junio, 2010 a las 8:33 am
Para: Alicia
De: Mona
Asunto: El innombrable
Hola, Ali. ¡Ah, no! Mira que, de las dos, yo soy la débil y la indecisa. ¡Claro que saldrás adelante! Creo que no tengo que recordarte todas las pruebas que te ha puesto la vida y cómo las has superado. ¿O te hago una lista?
Respecto a tu pregunta, aquella noche en mi casa que nos bajamos las dos botellas de vino carísimas que le robaste al réprobo (en venganza por su maldad, claro) me dijiste que cuando oías su nombre te dolía como si

te sacaran una muela sin anestesia. ¿Y en qué quedamos? En que jamás pronunciaríamos su nombre. Después dijiste que por él solo sentías desdén. ¿Y en qué quedamos? En que no te ibas a preocupar por saber más nada de él y menos de ella. Recuerdo que dijiste algo de un "marrano" y "ojalá estuviera muerto", y una "perra-quita-marido". Y después de toda esa borrachera llorona, ¿me preguntas que si los he visto? ¡Qué brío el tuyo! Amiga, no te tortures más.
Igual, no, no los he visto. ¿Me das permiso para pasarle por arriba con el carro en caso de que me tope con él?
Este *email* me ha dejado con dolor de estómago.
Chau.
Mona

08 de Julio, 2010 a las 7:00pm
Para: Mona
De: Alicia
Asunto: El trabajo
Hola, Mona. Se me hicieron eternos estos días que no te escribí. No sé qué me pasó cuando te pregunté por él. Bueno, sí sé, te lo confieso: es que lo odio, pero también lo extraño. Para tratar de olvidarlo pienso en la amargura de las peleas y en que la escogió a ella; en cómo su traición me empujó a esta realidad tan dura que yo no esperaba. Pero entonces recuerdo los momentos juntos, su familia que he querido como si fuera la mía y el sexo de los últimos meses (sí, justo mientras me ponía los cuernos), y quisiera arreglar las cosas y volver con él. También volver a mi vida de antes, al vecindario, a mi casa; si es que acaso sigue

siendo mi casa.
Hablemos de otra cosa antes de que me dé hipo de llorar. Estoy metida de cabeza en el trabajo, tratando de recordar cómo era todo eso que yo hacía ocho años atrás con tanta facilidad, antes de que el innombrable me pidiera que dejara de trabajar para que me encargara de la casa (y seguro hacerle así la vida más fácil a él). ¡Un poco más de tiempo como ama de casa y se me olvida hasta mi nombre!
Acabo de darme cuenta de que no te he preguntado cómo estás. ¿Cómo son tus días desde que me fui?
Un abrazo,
Yo

16 de agosto, 2010 a las 5:00pm
Para: Alicia
De: Mona
Asunto: Que no te dé un patatús
Hola, Ali.
Espero que estés bien cuando recibas este *email.* Mis días se pasan volando, entre el gimnasio (ya hasta me están saliendo musculitos), las reuniones que me salen con las mujeres de allí y las mil cosas de la casa. La paso rico con esas viejas aunque era mejor cuando estabas tú.
Ahora debo hablarte de un tema menos grato. Te juro que lo pensé mil veces si te contaba o no. Vi al innombrable, con ella. Esta vez me fijé bien y ni siquiera es bonita. Me los topé en el café de la esquina, a la vuelta del gimnasio. Los dos ligeros, como quien camina sin culpa alguna. Te juro que si hubiese estado en mi carro, ¡les paso por encima!... es una obsesión que tengo. Él hizo el ademán de hablarme pero ni crea que voy a dirigirle la palabra

después de todo lo que te hizo. ¡Tengo muy clara mi lealtad! Así que apresuré el paso sin mirarlos; te lo juro, execrado de mi vida está, pero ¿y de la tuya?
Oye, me dijeron que hay hombres guapos allá. Con ese gancho que tienes para los árabes (¿te acuerdas de Said, en la universidad?), seguro se te ha acercado alguno ya. Dicen que son buenísimos en el sexo, no me consta. Aprovecha, amiga, te hace falta divertirte un poco y pensar en otras cosas; prometo que de ahora en adelante no te contaré nada acerca del malvado.

Un abrazo que duela,

M.

01 de septiembre, 2010 a las 5:50pm
Para: Mona
De: Alicia
Asunto: *Corazón partío*
Ay, amiga, el patatús me dio no cuando leí tu *email*, ¡sino cuando me llegaron los papeles del divorcio! El muy desgraciado, ni para escribirme una palabra, ni hacerme una llamada. Como si hubiésemos sido enemigos toda la vida. Como si todos estos años juntos no hubieran representado nada para él. No te puedo explicar la tirria que me dio. Solo te digo que fue como si me hubieran sacado todo el aire de una patada en el pecho. Y yo haciéndome ilusiones hasta el último momento de que lo arreglaríamos todo y nos olvidaríamos del divorcio. ¡Qué tonta he sido! Y a pesar de que fui yo quien lo propuse, no sé, no me lo esperaba.
Me arrepentí de no haberle dado en la cabeza con un sartén cada vez que llegaba tarde a casa oliendo a mujer, que era lo que se merecía. Claro, Mona, que en

el fondito de mi corazón lo veía venir, después de tanta indiferencia ante mi partida y tantas llamadas y correos sin respuesta (lo siento, no te había contado de esto último porque sentía vergüenza de mí misma y porque pensé que desaprobarías que lo buscara). Tengo el *corazón partío*, como dice la canción, y no sé si voy a poder enmendarlo. Me puse poética. Hoy doy gracias por esta gran distancia que me separa de él, por saber que está lejos y no tengo que verlo.

Chao.

Alicia

***

06 de octubre, 2011 a las 7:30am
Para: Mona
De: Alicia
Asunto: Ricardo, el innombrable
Mona, no sé si te comenté la semana pasada, ¿adivina quién fue trasladado por su compañía a este lugar tan remoto? Sí, ¡el mismísimo! Supe que vino solo, lo dejó la mujer. Rondamos en los mismos círculos porque aquí todos los venezolanos nos conocemos. Es solo cuestión de tiempo que me lo encuentre de frente, pero ya no le temo a eso, creo que estoy preparada.
He cavilado más que de costumbre sobre nuestro divorcio en estos últimos días, y concluí que lo que me pasó fue que me aferré a la *ilusión* de que Ricardo y yo éramos felices; ya sabes, como para aparentar que nuestro matrimonio era suficiente y yo no necesitaba más nada de la vida. Pero no, nunca hubo tanto amor, al menos no de parte de él, y de alguna manera yo sentía ese vacío, ahora lo reconozco. Creo que alguna vez tú y yo hablamos de eso, ya no recuerdo si frente

a un vino o a un café.
Ahora me encanta mi trabajo, lo diferente que es este lugar, la gente que he conocido y el hecho de que mi felicidad solo depende de mí; no necesito a Ricardo como antes.
Amiga, aprovecho para darte las gracias por haber estado siempre a mi lado a pesar de la distancia. Tus correos en todo este tiempo es lo que me ha mantenido a flote. Estoy saliendo con alguien. Por ahora no es nada serio porque no deseo enredarme en una relación, pero decidí que tampoco voy a cerrarle las puertas al amor; quién sabe si más adelante en unas próximas vacaciones te visite con él. Por fin pasé la página y Ricardo ya no es "el innombrable", ahora sencillamente es "el ex".

Mua, mua.

Alicia

VIVIR ASÍ

Nos besábamos sentados en la plaza frente a la facultad de ingeniería. Era un beso largo y sentía cada uno de los movimientos de su lengua y sus labios apretujando los míos. Era la primera vez que experimentaba este nivel de intimidad con alguien. En ese momento solo existíamos nosotros y todo a nuestro alrededor era una fotografía fuera de foco… hasta que nos interrumpió mi amiga Amelia.

–¡Váyanse a un motel! –dijo, tirando su morral en uno de los bancos de cemento.

Sentí un calor en las mejillas. Manuel lanzó una carcajada, divertido; le caía muy bien Amelia.

–¡Cállate, Manuel! –grité alterada. Y luego a ella–: Lo siento, no deberíamos estar haciendo esto.

–Chica, fue una broma, no es para tanto –dijo, y cruzó una mirada con Manuel. Él se encogió de hombros, serio.

Sé que Manuel disimulaba para intentar aliviar mi vergüenza. Se levantó y recogió su libro *Cálculo, Vol.*

V. El overol de *jean* que llevaba puesto tenía uno de los tirantes caídos y dejaba ver su camiseta de *Metallica.* No podía asegurar que era guapo: tenía una nariz griega grande y los ojos muy juntos, pero el color moreno de su piel y su abundante cabello rizado lo hacían atractivo.

–Podríamos ir más tarde a la biblioteca, bella –me dijo–. Hacemos tarea juntos o te ayudo con matemáticas, como te parezca.

Estudiaba el quinto semestre de ingeniería y la materia le resultaba muy fácil. Yo iba por el cuarto semestre de biología.

Sus ojos buscaban los míos con la misma resolución con la que yo los esquivaba.

Intenté evitar, sin suerte, la espiral de uno de mis ataques que ya era inminente: pensamientos de pasajes bíblicos, una culpa paralizante y una necesidad compulsiva de rezar o de pedir perdón a Dios.

Colosenses 3:5 se paseó por mi cabeza. "*Haced morir, pues, lo terrenal en vosotros: fornicación, impureza, pasiones desordenadas, malos deseos y avaricia, que es idolatría*".

Era uno de los tantos versículos favoritos de mi abuela y me lo había hecho memorizar desde muy niña, como tantos otros. Ella aseguraba que conocer las sagradas escrituras me ayudaría a tomar el camino de la virtud. Y acá estaba yo, una inmoral, entregándome sin freno a las emociones que Manuel despertaba en mí.

Me sequé el sudor de las manos en el pantalón y disimuladamente me apreté con fuerza la muñeca izquierda. Lo había estado haciendo por años y el dolor que me producía me ayudaba a detener el torbellino. Tenía la certeza de que las personas a mi alrededor podían escuchar los latidos de mi corazón.

La voz de Amelia me trajo al momento.

–Ana, ¿has escuchado lo que te estaba contando? ¡Ana!

–¿Ah? Mmm, sí –dije, tratando de mirarla a los ojos y de respirar poco a poco.

–¿Tienes uno de tus ataques? ¿Es por lo que dije al llegar? –preguntó en un susurro.

–Lo siento, debo irme, tengo que trabajar en un reporte.

No pude mirar a la cara a Manuel. Me levanté, tomé mi morral y corrí de regreso a casa.

–¡Ana! ¡Discúlpame! ¡Por favor, espera! ¡Anaaa!

Conocí a mi abuela por primera vez cuando tenía seis años, días después del funeral de mamá. Tía Nancy me había hablado de ella y me había dicho que sería bueno irla a visitar. En el umbral de la casa encontramos a una mujer de estatura baja, delgada, con vestido y velo negros. La confundí con la bruja de uno de los cuentos que me contaba mamá, aunque no me pareció fea, solo que la expresión de su rostro era… indescifrable, vacía.

–Mamá...–dijo tía.

–¿Ésta es la niña?

–Sí, mamá, ella es Ana –dijo mi tía, poniendo las manos en mis hombros.

A través del velo, unos ojos azules, cansados y sin brillo me escudriñaban; las líneas alrededor de sus labios daban la impresión de una sonrisa invertida.

–¿Vas a salir? –le preguntó mi tía.

–Vengo de misa –dijo la bruja.

–Pero si cuando hablamos esta mañana me dijiste que *ibas* a misa.

–Dios aprecia que le adoremos –respondió sin apartar su mirada de mí.

–Dale a tu abuela un abrazo, querida –dijo tía, dándome un pequeño empujoncito. Yo no me moví.

Nos mandó a pasar a la sala con un gesto de la mano. Durante el tiempo que estuvimos allí, la abuela no sonrió, ni me habló. Al regreso de la visita, en el parque cerca de casa, tía se acuclilló frente a mí y me arregló el cabello una y otra vez.

–Ana, querida... sabes que te quiero mucho, ¿verdad?

–Sí, tía.

Sus ojos se mojaron.

–Bien. Yo quisiera que vivieras conmigo, mi amor, pero mi trabajo no me lo permite, así que por ahora tendrás que quedarte con tu abuela.

Un frío glacial me entró en los huesos.

–Querida, te juro que la vida en un barco de crucero no es buena para una niña; con la abuela podrás tener una vida más normal.

–¿Por qué se tuvo que morir mi mamá? ¿No me quería? –dije llorando.

–Claro que sí te quería, mi amor, te adoraba.

–¿Por qué me dejó sola, entonces? –le reclamé.

–Estaba enferma, cariño. Debe ser muy difícil para ti entender todo esto. Pero no estás sola, Ana.

Me abalancé sobre ella abrazándola por el cuello.

Llegué jadeando a la casa. Quedaba en los alrededores de la universidad; era una vivienda unifamiliar que había sido transformada para acomodar a doce mujeres en el mismo espacio.

Subí las escaleras hacia las habitaciones, solté mi morral, caminé al baño y me cepillé los dientes con furia; necesitaba quitarme el sabor del beso de Manuel y olvidar lo que había pasado.

Saqué el rosario de la bolsa de los lápices y me arrodillé frente a la cama para rezar. No era fácil deshacerme de las sensaciones que la cercanía de su cuerpo había despertado en mí. Un padrenuestro, un avemaría y Manuel pasando su lengua por mis labios. Un gloria, y la mano de Manuel acercándome más a él, hasta que solo el aire podía pasar entre nosotros. Un padrenuestro, un avemaría y Manuel tirando de mi lengua con suavidad. Las sensaciones iban disminuyendo en la medida que avanzaban las vueltas del rosario.

Lo que ocurrió con Manuel no debió haber ocurrido; era mi culpa por aceptar esa relación de novios o lo que sea que éramos. Con los otros muchachos que se me habían acercado había sido fácil no desarrollar ningún deseo ni sentimiento profundo, y cuando llegaba el impostergable momento de la intimidad, los dejaba y ya. Con Manuel todo había sido diferente. No había podido apartarlo de mi lado a pesar de los múltiples intentos; cada mañana desde que lo conocí, salía de la casa determinada a terminar con él, pero nunca llegaba a concretarlo. Las mismas "paredes y protecciones" que usé con otros, no habían funcionado con él. Y era yo quien lo necesitaba cerca, yo quien no podía dejar de verlo y yo quien no podía controlar mis deseos por él. A la vez, ahora mis episodios eran más frecuentes, más fuertes y me dejaban emocionalmente exhausta.

Manuel y yo comenzamos a salir juntos hacía cinco meses y apenas recientemente nos habíamos dado el primer beso. De acuerdo con Amelia íbamos muy lento. "¿En qué época crees que estamos? ¡Son los ochenta, niña!", y "¿qué es eso de puras agarraditas de manos? ¡No lo culpes si se busca otra!", había dicho ella.

Manuel con alguien más…de solo pensarlo se me nublaba la vista. Sé que Amelia decía estas cosas porque estaba preocupada por mí y no veía cambios o avances en mi obsesión o lo que sea que era. Muchas veces llegué a preguntarme por qué seguía siendo mi amiga, si incluso yo estaba harta de mi propia rareza.

En el primer piso, el teléfono repicó varias veces; estaba segura de que era él, pero prefería que estuviésemos alejados mientras se ordenaban mis pensamientos. Agarré mi *walkman*, me puse los audífonos y comencé a trabajar en mi reporte, o al menos a intentarlo.

Los años siguientes a la muerte de mamá fueron sofocantes; la extrañaba, pero no podía hablar de ella frente a la abuela. Con el tiempo olvidé el timbre de su voz, el tono exacto de sus ojos marrón verdoso, el olor de su pelo que tanto me gustaba y todos aquellos detalles que una fotografía no es capaz de guardar. Era extraño, además, que jamás pude ver algo de mi mamá en la abuela.

Las visitas de mi tía eran mis momentos favoritos. Nos visitaba siempre al llegar a puerto, pero terminaba yéndose y yo me quedaba de nuevo con el corazón encogido.

La abuela me imponía su forma de ver el mundo sin explicaciones y sin cariño, doblegando y negando por completo mi carácter y mi personalidad. Me hacía ayunar como castigo y memorizar fragmentos extensos de la Biblia que yo no lograba comprender. Ella creía que las palabras eran amigas del pecado y por eso practicábamos el silencio a diario, más de lo que yo hubiese querido: al comer, al hacer los quehaceres de la casa, camino a misa. Yo buscaba su amor, pero solo recibía ese silencio opresivo y ominoso.

La manía de apretarme la muñeca comenzó en esos años, en los que sentía que no podía hacer más nada para sobrevivir.

Un día que mi tía vino a visitarnos, cuando yo ya cursaba el segundo año de bachillerato, la encaré.

–No quiero seguir viviendo aquí, tía. La abuela me odia tanto como odiaba a mi mamá –le dije.

–No digas eso. Es verdad que mamá no es cariñosa, pero tampoco te odia.

–Entonces, ¿por qué no le importa cómo yo me siento? ¿Por qué es así conmigo, como una piedra?

–Han pasado muchas cosas que tú no sabes, Ana.

–¡¿Cuáles cosas podrían justificarla?! –grité. Necesitaba saber qué daba pie a tanto desamor.

–Tienes que prometerme que no le echarás esto en cara cuando te enojes con ella.

Me quedé pensando.

–Entonces no puedo contarte –resolvió.

–Está bien… está bien, te lo prometo –le dije, vencida.

–Tu abuela fue criada en un hogar extremadamente religioso, bajo normas muy estrictas, y desafió a sus padres para casarse con tu abuelo, un agnóstico. Lo adoraba y pagó un precio muy alto porque perdió a su familia al hacerlo. Sus padres nunca la perdonaron. De hecho, tu mamá y yo no conocimos a nuestros abuelos.

–No entiendo qué tiene que ver eso con la manera como ella me trata –le espeté.

–Déjame terminar, Ana. Puedo decirte con seguridad que en nuestra niñez y adolescencia tu mamá y yo fuimos felices. Claro que tu abuela nos disciplinaba, pero recuerdo que jamás fue tan severa.

–¿Cómo pudo llegar a odiar a su propia hija? ¿Y a mí? No tiene sentido.

–Tu abuelo se enamoró de una mujer mucho más joven que él y abandonó a tu abuela y…

–¿Y es eso mi culpa acaso? –la interrumpí.

–No eres culpable de nada, mi amor. La mujer de quien tu abuelo se enamoró era amiga de tu mamá y él la conoció porque ella la trajo a la casa. Tu abuela jamás pudo aceptar esa realidad, y quizás no podía perdonar a tu mamá; así como no pudo perdonarnos que continuáramos viendo a papá.

Recuerdo que en ese momento me embargó un ligero sentimiento de lástima hacia la abuela, pero aún estaba lejos de comprenderla y, mucho menos, de justificarla.

–Por ahora ten paciencia, Ana; podrás irte de la casa cuando entres a la universidad, te lo prometo –me aseguró mi tía.

Mi abuela no me maltrataba físicamente, pero su amor era inalcanzable.

Después de terminar el reporte, arreglé mis libros y la ropa que me pondría al día siguiente, y me metí en la cama. Quería estar dormida antes de que llegara Amelia, o al menos aparentar que lo estaba; no quería hablar del beso con Manuel o de mi episodio, y a ella le gustaba que yo elaborara detalles de los escasos encuentros con él.

Amelia era mi mejor amiga desde el sexto grado y nuestra amistad había sobrevivido los embates e intentos de mi abuela para distanciarnos. También se tomaba muy en serio el papel de garantizar que yo "pudiera tener una relación normal", como decía ella.

La puerta se abrió de repente; Amelia entró y se arrojó sobre la cama, haciéndome brincar.

–Niña, tranquila, soy yo.

–Ame, de veras necesito acostarme temprano –le rogué.

–A ver, a ver, cuéntame de ese beso…

–Es de lo que menos deseo hablar en estos momentos.

–Está bien; sé que tuviste uno de tus episodios y me toca aguantarme la muralla que pones entre nosotras. Seré breve. Quiero verte feliz, chica, no por nada estoy estudiando sicología.

–No deberías preocuparte tanto por mí, de veras, puedo vivir así –le dije.

–Encontré a Manuel en la esquina, estuvo esperando a ver si salías.

–¿Te ha comentado algo?

–No ha sido necesario. Creo que se confunde con tus alejamientos repentinos, pero pueden más sus ganas de estar contigo.

–No sé cómo verlo a la cara –admití.

Era vergonzoso tener que explicarle lo que me pasaba, además de que yo no sabía exactamente por qué me comportaba así; hubiese sido más fácil dejarlo como dejé a los otros y no tener que enfrentarme a nada. Pero esta vez estaba enamorada, aunque no quería aceptarlo.

–Amiga, como ya sabes, mi diagnóstico es que sufres un caso muy severo de *moralitis*. En serio, apartando la broma… hazme caso esta vez y busca ayuda, no puedes continuar así; conseguiré varias recomendaciones con mis profesores para que decidas a quién vas a ver. Hazlo por ti, por ustedes. ¿No crees que Manuel vale la pena? Y ahora te dejo, prometí ser concisa. Voy a la cocina a comer algo.

Amelia tenía razón. Hacía mucho tiempo que vivía a medias y que tenía esta convicción de estar desperdiciando mi vida. Desde que conocí a Manuel lo que más anhelaba era dejar atrás los ataques, la culpa y el resentimiento hacia la abuela y pensar más en nosotros. Era increíble cómo ella, de quien me sentía tan distante, ejercía tanta influencia en mi vida. Yo deseaba ser otra persona, cambiar esta forma de ser tan limitante, pero cada vez que lo intentaba, el cansancio de luchar contra mi *moralitis* me ganaba la partida. Sin embargo, no tenía que ser así para siempre. Nada estaba escrito de manera definitiva en nuestras vidas, ¿o sí?

Apagué la lámpara y el sueño llegó más temprano que tarde.

Por la mañana, en el laboratorio, entregué mi reporte y fue inútil tratar de concentrarme en algo más; salí apresurada de la clase para buscar a Manuel en la plaza donde siempre nos veíamos.

Se levantó del banco de cemento y caminó a mi encuentro.

–¡Ana! ¿Por qué no contestaste el teléfono ayer? ¿No sabes que me asusta cuando te escondes así? –dijo, ofuscado.

–Tenemos que hablar –dije, y tomé sus manos entre las mías.

–¿Has venido a decirme que no quieres verme más? –preguntó.

Un escalofrío me recorrió el cuerpo para luego

convertirse en una tibieza, un sentimiento de confianza y familiaridad que derrumbaba cualquier barrera que podía existir entre nosotros.

–No, no es eso –le aseguré.

Manuel me abrazó con fuerza, y sin apartar la mirada el uno del otro, nos sentamos. El sol se asomaba de vez en cuando entre las nubes, cambiando el tono verde de las hojas de los árboles de mango hasta llegar a nuestros rostros.

–Puedes confiar en mí, Ana; conmigo no estás forzada a hacer algo que no deseas.

–Lo que siento por ti me ha dado la determinación de curarme, Manuel, de cambiar. Necesito que sepas lo que me pasa.

Manuel no parecía tan sorprendido.

–Yo solo quiero ayudarte y estar a tu lado. Cuéntame por favor, quiero saberlo todo –me dijo.

ESCONDIDO EN MIS HISTORIAS

Me involucré en la revolución por oportunista y no por un interés genuino en la política. Cierto que había votado por el candidato socialista, pero en esa decisión lo que pesó fue el desencanto que sentía por las circunstancias de algunos de nosotros. Me había graduado de ingeniero petrolero al mismo tiempo que trabajaba para mantenerme y ayudar a mi familia, y no había sido fácil, ¡algunas personas tenían tanto mientras que otras teníamos tan poco!

Terminé la carrera en 1998 por la insistencia y con la ayuda de mi novia Mati. Por un golpe de suerte y gracias a un profesor que me conocía y quien tenía un contacto en la empresa, me emplearon recién graduado en la petrolera nacional. Mati, en cambio, consiguió trabajo allí mismo por méritos propios; había sido una estudiante ejemplar y había hecho sus pasantías en la compañía. Recuerdo que le propuse vivir juntos en el tercer año de la carrera; era lo que yo más deseaba, enamorados y todo como estábamos. En aquel momento me rechazó con suavidad y me dijo que mejor planeábamos para cuando ya nos hubiésemos graduado y tuviéramos un buen trabajo.

A finales del 2002, después de la huelga de trabajadores petroleros y del paro cívico que detuvo al país durante dos días, se me presentó un dilema que resolví con facilidad. La huelga terminó con el despido de miles de profesionales que dejaban el camino libre para quienes no participamos en ella.

–Beto, pero ¿cómo que te van a ofrecer la gerencia de producción? Tú eres muy nuevo en la empresa –dijo Mati, después que le conté del asunto durante la cena.

–Cuatro años en la empresa es bastante, aunque no te lo parezca –me defendí–. Por fin alguien se ha dado cuenta de mi valor y de mi potencial. Y a ti, ¿te han ofrecido algo?

–No, y la verdad es que no quiero que me ofrezcan nada. No sé si estoy preparada para hacer un puesto con más responsabilidades. ¡Tengo tanto que aprender! –dijo ella.

–Creo que te subestimas mucho, es un problema que tienes.

Mati hizo una mueca y me miró a los ojos.

–No comparto eso de elegir a la gente a puro dedo solo por afiliación ideológica. No está bien por ningún ángulo que lo mires, ¿no crees?

Tomé varios sorbos de mi cerveza.

–¿Sabes cuánto me hubiera costado llegar a esa posición en condiciones normales? –le pregunté.

–Precisamente por eso te digo que hay algo que no cuadra. Nos hemos quedado sin amigos y hasta la familia se ha distanciado; no ven con buenos ojos que apoyemos a este gobierno.

–Oye, Mati, mejor no le demos más vuelta a este

asunto, al menos por ahora; ya veremos qué sucede más adelante –le dije.

El mesonero nos interrumpió para traernos el postre. No quería discutir con ella, pero tampoco quería desperdiciar esta oportunidad de surgir profesionalmente. Mis padres sufrían creyendo que yo ayudaba a un gobierno de golpistas y criminales; pero estaban equivocados, no entendían en qué consistía el proyecto del país que habíamos visualizado en el partido. La vida nunca había sido tan buena conmigo y en aquel momento me importaba poco la opinión de otros, incluyendo la de ellos.

Me hizo feliz que, con la nueva posición, Mati y yo ahora sí podríamos casarnos, pero le puso pausa a nuestros planes de matrimonio por segunda vez. Me confesó que ya no se sentía tan a gusto en la compañía y que probablemente renunciaría pronto, aunque continuaba dando lo máximo allí, siempre ocupada, siempre eficiente... y distante.

En el nuevo puesto me acostumbré al fanatismo ideológico de los líderes de la revolución, y también a la injerencia y vigilancia cubanas en todos los asuntos del país. Yo ponía todo mi empeño, quería hacerlo bien y consolidarme en posiciones más altas. Manipulaba y manejaba las cifras de producción con los encargados de prensa, el ministro de energía y hasta el mismísimo presidente. ¡Quién hubiera dicho que yo me sentaría a la misma mesa con gente tan importante y decidiendo asuntos tan cruciales de nuestra nación!

El rostro del presidente estaba pintado en las paredes exteriores de obra limpia de nuestro elegante edificio y, a su lado, escrito en letras rojas, el lema

"Patria, Socialismo o Muerte". No me había detenido a pensar en el significado de esta frase que tanto usábamos. ¿Defenderíamos el sueño socialista sacrificando nuestras vidas y la de nuestros hermanos si se nos oponían? Era claro que muchos no estábamos convencidos de esto y quizás actuábamos un poco hipócritamente al respecto, es decir, pensábamos que defenderíamos el sueño socialista…siempre que nuestros bolsillos se estuvieran llenando. No había nada de malo en recibir un poco de la gran riqueza de nuestra nación, de la cual muchos sujetos de gobiernos anteriores también se habían beneficiado.

–Quiero irme del país, Beto –me dijo Mati un día cercano a su cumpleaños en el 2007–. Vamos camino a la ruina y tú lo sabes mejor que yo, aunque no desees admitirlo.

Pensé que eso ocurría, precisamente, con nuestra relación.

–No es para tanto, cariño –dije–. Los medios de comunicación no nos dan crédito por lo bueno que hemos logrado y exageran los pocos desaciertos; la revolución acabará con los males de Venezuela, ya verás.

–¿Te parece que exageran? Cualquiera que tenga dos dedos de frente puede ver que los socialistas están hundiendo al país. Vámonos juntos, ¡por favor! Aún estás a tiempo de huir de todo esto antes de que estés demasiado comprometido.

Me enterneció saber que pensaba en nosotros, pero yo ya estaba involucrado hasta el cuello e iba a ser difícil irme así nada más.

–El socialismo del siglo veintiuno sigue echando

raíces y toma tiempo hasta que se vean los frutos. Me gustaría ser testigo de ese progreso –dije, sin poder mirarla a los ojos–. Esperemos unos meses más y evaluemos todo de nuevo en ese momento.

–Quédate con tu revolución –dijo.

Mati se marchó y me dejó allí sentado en la cafetería con el café a medio terminar y su torta de chocolate sin tocar. Después de eso hablamos solo un par de veces más y no volví a saber de ella.

En marzo del año 2013, después que se admitió y reveló la muerte del comandante –hasta en nuestros niveles se supo que había muerto antes, pero mantenían el cuerpo en Cuba ocultando la verdad– decidí abandonar el país. Huía de la mediocridad, de la ideología ciega y de las violaciones de derechos humanos; de los fantasmas de los muertos que el gobierno acumulaba en su haber, y que, en parte, eran culpa mía. Yo estaba claro que es tan asesino el que blande el arma como el cómplice que observa y calla.

En el país no quedaba nadie por quien me pudieran extorsionar. Mis padres y hermanos ya eran emigrantes desperdigados por el mundo, y las relaciones que tuve después de Mati fueron eventuales; tampoco tenía amigos.

Yo no era de los peces más gordos del régimen, pero conocía muy bien cómo operaban y necesitaba mantenerme en las sombras. Aunque no robé tanto como otros, había acumulado suficiente dinero como para irme a otro lugar y vivir cómodamente por los años que me quedaban de vida... si me dejaban. "No se equivoquen con darnos la espalda, camaradas, los conseguiríamos donde sea; tenemos ojos y oídos en todo el mundo", nos había recordado el propio ministro del Interior en cada oportunidad que había tenido.

Huyendo, terminé en el *imperio*, la cuna misma del capitalismo que tanto criticábamos. Me hospedé en un hotel por un mes hasta que conseguí un número de seguro social falso (todo tiene un precio, aun en este país) y logré alquilar un apartamento pequeño en la ciudad de Watertown, en Massachusetts.

Me chocó en un principio, sobre todo, el encierro, el frío y el silencio. No dominaba el inglés, pero podía sobrevivir. Salía solo a comprar lo necesario en la tienda más cercana y pasaba mis horas analizando qué podía hacer con mi vida y con mi dinero. Para no volverme loco, necesitaba hacer algo, algo que no dejara huellas por las cuales pudieran llegar hasta mí. Algo ajeno a mi carácter y a mi personalidad y que me mantuviera en contacto con el mundo.

Una mañana en la que leía el diario local, después de haber pasado casi seis meses de encierro, me enteré de un taller de escritura en español que dictaban en un viejo edificio cercano a Porter Square, en Cambridge. Era dirigido por un escritor boliviano y el grupo se reunía dos veces a la semana. La idea de escribir historias me parecía aburrida, odiaba todo lo que tuviera que ver con las letras (¡por eso había estudiado ingeniería, caramba!), pero esa sería la fachada perfecta. Me matriculé, y el primer día que asistí, me presenté ante todos como un economista soltero que trabajaba desde casa como asesor de empresas, que había emigrado hacía ya varios años y que en el pasado había trabajado en la industria azucarera. No me costó mentir; yo ya era un especialista en esa área, así como en la del desafecto, pues soy de los que piensa que nadie es indispensable en tu vida.

Con el tiempo, y para mi sorpresa, asistir al taller se convirtió en una especie de catarsis. El protagonista de mis historias tiene debilidades y defectos, pero es, en esencia, honrado; también es valiente y pone a los demás primero que a sí mismo. A lo mejor es lo suficientemente estúpido como para perder la familia, los amigos y hasta el amor de su vida por conseguir lo que quiere, pero en mis historias lo hace por un ideal y no por avaricia. Las historias que escribo terminan bien, como yo deseo que termine la mía.

Paso la página del *Wall Street Journal* que sostengo en las manos buscando qué hacer con mi dinero y cómo encauzar esta nueva vida. Aún mis enemigos no han dado con mi paradero.

UNA EXTRAÑA EN CASA

El féretro de Laura estaba cubierto de tierra fresca y rosas blancas que Mariana había llevado. Los amigos y los escasos familiares se fueron despidiendo poco a poco sin ella percatarse.

Evitó pensar en lo que habría podido hacer por Laura y no hizo, o lo que habría querido decirle y no le dijo. Caminó por los alrededores y leyó los mensajes escritos en las lápidas. ¿Cómo lo hacían? Era difícil definir con palabras la relación que tuvo con su hermana por tantos años.

Regresó a descansar a la antigua casa de la familia, donde Laura había vivido con su mamá aún después de casada.

–Buenas tardes, señorita Mariana –dijo Mina–. ¿Quiere una tacita de café o más bien le preparo una toma de manzanilla?

–El calor me tiene agobiada, Mina. Mejor tráigame agua fría. ¿Ha llegado José?

–No, señorita, creí que andaba con usted.

–Pues no. Se regresó con los vecinos y quedamos

en que nos veríamos aquí. Ya ha pasado un buen rato –dijo mirando su reloj.

–No se preocupe, seguro fue a dar unas vueltas y ya regresará.

Mina era una mujer leal y había sido una buena compañía para Laura.

–Le agradezco que haya visitado a Laura los días que estuvo en el hospital, y también que cuidara de José –dijo Mariana.

–No se preocupe, señorita. Hubiera querido hacer más, pero ya sabe que tengo marido y muchachos, y no los puedo dejar solos así nomás.

–Comprendo.

–¿Sabe? Estoy preocupada por el joven José, no lo he visto llorar. Y pues, mi mamá decía siempre que había que sacarse todo eso del pecho.

–Ahora que lo menciona, yo tampoco. Aún debe estar impresionado.

–Pobrecito. Se desmayó en la funeraria cuando vestíamos a la señora Laura.

–¿Qué? ¡Por Dios, Mina! ¿Cómo se les ocurre exponerlo a eso? José es como un niño.

A Mariana le vino un sabor amargo a la garganta.

–Lo sé, pero es que el señor Cheo insistió; dijo que ya era un hombre crecido.

–Cheo no sabe de lo que habla. Parece que no conociera bien a su hijo.

–Bueno, como le decía, atendimos al joven allí mismo. Y después de eso quedó así, como lelo. No ha querido comer nada, con lo comelón que es.

Mariana terminó de tomarse el agua; ahora la alelada era ella. Le pesaba en los hombros el viaje desde Hong Kong hasta Maracaibo.

–Gracias por contarme, Mina. Estaré en el cuarto

de Laura; puede irse temprano, han sido unos días largos para usted también.

Entró a la habitación y agarró la foto de José que estaba sobre el buró. ¿En qué momento había crecido tanto su sobrino? Ese niño inquieto y curioso que la seguía por toda la casa a su regreso de clases de la universidad, y le robaba los lápices para hacerle garabatos sobre los apuntes que ella tomaba con tanto esmero; hasta la espiaba cuando fumaba a escondidas para irle con el cuento a Laura. ¡Y ahora ya tenía treinta y siete años!

Sentía que lo conocía poco. No lo había visto crecer y no sabía qué lo hacía feliz o cuáles eran sus frustraciones. Se había mudado a la capital al graduarse cuando José era aún pequeño. Trabajó fuerte por varios años y luego estableció su propio negocio de exportación e importación de calzados. Con la expansión de éste, después de un tiempo, terminó residiendo en Panamá, donde ubicó la oficina principal; desde allí viajaba a todas partes del mundo cuando el trabajo lo requiriera.

Vació el gavetero y parte del closet de Laura, y se sentó en el piso a ordenar las cosas. Donaría las piezas de ropa, los zapatos y las imágenes de santos; también la colección de rosarios y devocionarios. La religión había sido más importante en la vida de Laura que lo que a ella le hubiera gustado; podía asegurar que había convertido a su hermana en una persona conformista.

Encontró varios álbumes de fotografías; su mamá y Laura estaban siempre juntas. Se parecían mucho: cabello negro, ojos marrón claro, lunar a un lado de la nariz. Aunque intentó visitarlas en cada oportunidad que tuvo, no pudo evitar estar ausente en momentos importantes de la familia: la enfermedad de su mamá, el divorcio de Laura y Cheo y, más recientemente, la enfermedad de la misma Laura. Tener éxito implicaba sacrificar algunas cosas, pero al menos había podido proveerlas de dinero y de ciertas comodidades que con el trabajo de asistente administrativa de Laura, ellas no hubieran podido costearse.

Tomó las partidas de nacimiento, las de defunción y otros papeles de propiedad de la casa y los puso en un archivo. La sorprendieron sus sollozos; tenía que admitir que su hermana había sido el pilar fundamental de la familia, e incluso, el de ella. Siempre la había animado a perseguir sus metas y jamás le reclamó o le exigió nada.

Se preguntó por qué tenía que hacer esto justo ahora si podía hacerlo mañana con más calma; le pasaba a menudo que no sabía cuándo detenerse a descansar. Las luces de la calle se habían encendido, así que dejó lo que estaba haciendo y se echó en la cama.

La despertaron los rayos de sol que se colaban por las rendijas de las persianas. Se acordó de José y se incorporó atolondrada; saltó de la cama trastabillándose con cajas y bolsas que había en el piso. No lo encontró ni en su habitación ni en el resto de la casa, y Mina no había llegado. Lo llamó a su celular. Nada. Llamó a Cheo y tampoco sabía de él; Mariana tuvo un presentimiento, como el que sintió la vez que murió su madre o, como le ocurrió unos pocos días atrás, cuando Laura parecía haberle hablado estando ella en Hong Kong. Se negaba a aceptar estas pequeñas manifestaciones del mundo espiritual, si bien lograban inquietarla.

No esperaría a que José regresara como le sugirió

Cheo; decidió llamar un taxi y salir a buscarlo por el vecindario. Empezaba a imaginarse lo peor, cuando lo vio sentado en un banco de la plaza Las Mercedes.

Se bajó apresurada del taxi y corrió a su encuentro. Estaba pálido y apestaba a cerveza; desconocía que su sobrino bebía. Imaginó a Laura allí a su lado, seria, preguntándole por qué su hijo estaba en ese estado. ¿Qué le respondería? ¿Le diría "me quedé dormida, no estoy acostumbrada a estar pendiente de alguien"?

–José, cariño, ¿te encuentras bien? ¿Por qué no regresaste anoche?

–No quería estar en la casa.

–Me has debido llamar, estuve esperándote.

–No quería regresar; mami no está, la extraño.

–Yo también, mi amor.

Mariana se acercó más y se sentó a su lado.

–¿Qué voy a hacer sin ella? –dijo él.

–No te preocupes por eso ahora, José.

Peinó el cabello canoso de su sobrino con los dedos y le abotonó la camisa.

–¿Te vas a quedar conmigo? –preguntó él.

Mariana vaciló antes de responder; le gustaba ser directa y sincera con las personas. Debía regresar a Panamá máximo en dos semanas para poner las cosas a andar en el negocio con los chinos, era una oportunidad única.

–Claro, hasta que sea necesario –dijo ella, sin estar muy convencida.

–Júramelo.

–Te lo juro. Ven, vámonos a casa –dijo. Tendría que pensar en soluciones cuanto antes.

Regresaron a casa y después de bañarse y comer, José se quedó dormido mirando una foto de Laura y de él juntos, cuando se había graduado de la primaria. Mariana se tendió a su costado y tomó la foto entre sus manos. ¡Laura se veía tan feliz! Pocas veces la había visto con una sonrisa tan amplia. En esa oportunidad había llorado de felicidad en el teléfono, contándole lo orgullosa que estaba de que José había completado ese hito en su vida.

José y Mariana pasaron el resto de la tarde entre películas, siestas y recuerdos.

Al siguiente día se levantaron casi al mediodía. Después del café y del desayuno, José se vistió para ir a la capilla y le prometió a Mariana que estaría de vuelta temprano. Ella aprovecharía su ausencia para llamar a Cheo.

Su relación con Cheo nunca había sido buena. Llegaron a tolerarse y hasta allí. Estaba convencida de que él no quería a su hijo y de que resentía de Laura que el niño hubiera nacido con Síndrome de Down. Desde que José nació, Cheo peleaba con Laura por cualquier cosa y no era cariñoso ni paciente con el niño. Tampoco se había preocupado por su educación o por que aprendiera algún oficio: que José terminara la escuela primaria había sido un esfuerzo solo de Laura. Además, Cheo le criticaba a Laura que lo sobreprotegía y que no le enseñaba a valerse por sí mismo, como si la responsabilidad de su crianza fuese únicamente de ella.

La irritaba que a pesar de todo esto Laura lo había defendido siempre y le había asegurado que los problemas entre ellos nada tenían que ver con José; era absurdo el empeño de su hermana para justificar la actitud indiferente de Cheo. Al final se divorciaron y él formó una nueva familia.

Sentada en la cocina fumándose un cigarrillo, marcó su número.

–Buenos días, Cheo, imagino que sabes por qué te hablo.

–Hola, ¿cómo estás? ¿Cómo está José?

–¿Cómo quieres que estemos? De él precisamente te quiero hablar. La muerte de Laura ha cambiado todo para él.

–Antes que continúes… recibe mis condolencias, de veras me ha entristecido la partida de Laura –dijo Cheo.

–No necesitamos esas formalidades entre nosotros. Como te dije, hablemos de José; lo veo muy mal y creo que tiene temor de quedarse solo en la casa, sabes lo apegado que era a Laura.

–Lo sé. Pero se acostumbrará con el tiempo.

–En estos momentos necesita a alguien que lo acompañe, que lo oriente.

–Ya es un hombre hecho y derecho, Mariana, pienso que puede vivir solo. Yo lo visitaré como de costumbre.

–Creo que primero debe aprender a valerse por sí mismo.

–Bueno, Mina podría ayudarlo como hasta ahora, y yo estaría al pendiente.

–Necesita una familia –dijo Mariana, concretando su propuesta.

Cheo no tardó mucho en responder.

–Oye, ¿qué sugieres? ¿Que me lo traiga para que lo *críe* mi esposa? No puedo darle esa carga –decidió.

Mariana se retorció en la silla, pero igual continuó.

–Sería solo por un tiempo, mientras vive su duelo y pueda ser un poco más independiente. Tal vez ponerlo a que aprenda un oficio, no sé. Yo pagaría todos sus gastos.

–Quizás Mina …

–Mina no es su familia, aunque le tenga mucho cariño –le espetó Mariana–. Además, es una gran responsabilidad. En cualquier momento se va, ¿y cómo quedaría José?

–De eso nos preocupamos cuando suceda.

Mariana aspiró del cigarrillo que ya casi terminaba, y a pesar del efecto calmante que siempre tenía sobre ella, levantó la voz:

–¡Eres un desgraciado! Nunca te han importado José o Laura. ¡Nunca!

–Mira quién lo dice, la que no visitaba a su hermana en los cumpleaños porque le coincidía con el cierre fiscal de la empresa. ¿Sabes cuánto te extrañaba Laura?

Mariana no necesitaba que alguien se lo recordara.

–¡Infeliz! –gritó por toda respuesta, sintiendo una piedra en la garganta.

–Y llegabas después con montones de regalos, como si eso lo arreglara todo; así que no vengas a decirme lo que es o no es importante para mí.

–Algún día la justicia divina te…

–¿Lo ves? –interrumpió Cheo–. Eres atea solo cuando te conviene, excuñada. Mejor te mantienes al margen de este asunto, es lo que has hecho siempre.

Mariana colgó el teléfono; todo parecía estar fuera de lugar. Ella en esta casa. Su relación con Laura. La situación de José. Caminó desconcertada a la terraza de atrás a tomar aire y encendió un nuevo cigarrillo, secándose las mejillas húmedas con el cuello del piyama.

¿Por qué le daba importancia a lo que ese imbécil opinaba? ¿Acaso podría él tener alguna razón? Es cierto que la mayoría de las veces no encontró el momento para dejar el trabajo, pero es que en el mundo de los negocios las cosas son así, un solo descuido y allí se va la oportunidad del siglo. Hasta resultaba normal sentir un cierto desapego hacia las personas que amas; es un modo de sobrevivir. No se arrepentía de haberse dedicado al negocio para hacerlo crecer; es lo que había querido en su vida, ser exitosa, y a algo había que renunciar. A pesar de eso, no pudo evitar sentir que su mamá y Laura la juzgaban.

Se apresuró a buscar algo de beber en la cocina. Le hubiese gustado beber un *bourbon* como el que acostumbraba a tomar los sábados por la tarde como un ritual para ayudarla a pensar, pero por supuesto que Laura no tenía nada con alcohol en la casa. Desilusionada, llenó un vaso con hielo y regresó a la terraza. Un perro ladró en la cuadra.

En algún momento cuando pensó en tener hijos, el temor de que nacieran con un síndrome, como José, la detuvo. No había logrado tampoco concretar una relación con las parejas que había tenido, porque le aterrorizaba atarse a alguien y poner en riesgo su libertad; no le gustaba rendir cuentas a nadie sobre lo que hacía. Miedos y más miedos. Como el miedo tangible de que la muerte de Laura la ponía en estos momentos frente a una encrucijada imposible.

Se levantó para tomar una ducha antes de que José regresara de la iglesia.

A Mariana le había tomado varios días recuperarse del *jet lag*, y aunque se levantaba, comía o trabajaba a deshoras, siempre estaba pendiente de compartir con José. Una noche, Mina les preparó unos tostones con queso para la cena y Mariana se sentó a comer con él; a pesar de ser su comida favorita, solo comió por cortesía hacia Mina. Su partida estaba próxima y aún no tenía solución a lo que consideraba su dilema moral.

José se fue a su habitación y Mariana abrió su computadora para trabajar; no importaban sus pocas ganas de hacerlo o su duelo, el deber estaba primero. Luego de varias horas envió el último correo electrónico y se fue a adelantar el arreglo de las maletas. Se había quedado en Maracaibo más tiempo de lo que había pensado. Mientras ordenaba sus cosas, José se asomó a la puerta de la habitación.

–¿Cuándo te vas? –preguntó José, con la voz quebrada.

–Compré el boleto para dentro de cuatro días, cariño –dijo ella.

José se dio la vuelta y regresó a su cuarto.

Le pareció escucharlo sollozar y fue tras él; le pidió que le hiciera un espacio en la cama y se acostó a su lado. Se preguntó si José la necesitaba tanto como parecía o si era ella más bien quien lo necesitaba a él.

***

Desde el balcón del apartamento en Punta Pacífica, el sol se veía bajo en el horizonte. Mariana y José reían mientras él practicaba su rol en una pequeña obra de teatro organizada por la Asociación Down Panamá y ella lo ayudaba a memorizarlo. Mariana le dio un sorbo a su *bourbon*. En una semana irían a Maracaibo a visitar la tumba de Laura en su segundo aniversario.

EL VUELO 1331

Nacho puso la alarma del teléfono a las 8:00 a.m. y colocó la pequeña caja en el morral. Las flores las recogería temprano por la mañana en la floristería del hotel.

Su teléfono sonó, era Gloria.

–Hola amor, llamaba para darte las buenas noches ¿Estás listo para descansar? –dijo ella.

–Pues, sí –dijo, más entusiasmado de lo normal.

–Me muero de curiosidad –dijo ella, tanteando el terreno–. ¿Por qué no me adelantas algo?

La voz de Gloria era dulce y familiar. Hablaba el español fluido con un ligero acento americano; había nacido y crecido en San Francisco, de padre americano y madre venezolana.

–Ten paciencia. Mañana ya te enterarás.

–Sabes que detesto las sorpresas, y eso de hacerme desviar de Detroit a Nueva York…

–Te prometo que no me he vuelto loco, no he comprado boletos al Ártico o algo por el estilo. Tendremos tiempo suficiente para hablar en el vuelo de regreso a casa.

–¡Qué testarudo puedes ser!, Nacho.

–Solo me dices Nacho cuando estás enojada.

–No lo estoy.

– Hasta mañana entonces. Te quiero.

–Yo más –dijo Gloria, y colgó.

–Te lo juro, Tita, sé que quiere proponerme matrimonio en el avión. Me ha pedido que me ponga ese vestido verde que tenía puesto cuando nos conocimos. Lo traje conmigo, pero ni siquiera me lo he probado a ver si aún me queda.

–Bueno, tienes que reconocer que Nacho siempre ha sido romántico y le gustan las cosas pomposas y originales –dijo Tita.

–Lo que quiero decir es que no sé qué haré si Nacho me pide que nos casemos.

–Pero si eso es lo único que les falta, amiga. Además, es natural. Se conocen desde hace tiempo, se llevan súper bien y cualquiera que los ve puede decir que hacen la pareja perfecta.

–¡Pareja perfecta! ¡Ja! Como si existiera alguna. Ya sabes que no creo en eso. Congeniamos, es cierto, pero aún no sé si deseo casarme en este momento.

–¿Qué razones tendrías para dejar la propuesta de Nacho sobre la mesa? Yo no veo ninguna. Bueno, y si es que te lo propone, porque hasta ahorita todo es especulación tuya.

–No, amiga, esto es más que eso. Su insistencia de encontrarnos en Nueva York, lo del vestido, lo cariñoso y entusiasmado que ha estado últimamente, en fin. Estoy segura de que quiere reproducir el momento en que nos conocimos. ¿Te imaginas que me proponga matrimonio delante de toda la gente y yo le diga que no? ¡Pobrecito! ¡Me moriría de tristeza! O peor aún, que le diga que sí para ahorrarle la vergüenza, pero después, al bajarnos del avión, me retracte. ¿Qué tal?

–Pero volvamos al punto, no te vayas por la tangente. ¿Razones?

Gloria pensó unos segundos antes de contestar.

–Para empezar, en la familia existe una larga historia de fracasos matrimoniales: mis padres, mi tía Adela, *uncle* Christopher y *aunt* Mindy, todos divorciados. Te lo digo, no creo que me salve de esa herencia.

–Quítate eso de la cabeza. Tú no eres ni tus padres ni toda esa pila de gente que nombraste. Una mujer como tú no puede creer que eso tenga alguna influencia, ¿o sí? Oye la locura que estás diciendo, es ilógico. Tú amas a Nacho. Nacho te ama a ti. La historia no tiene porqué repetirse con ustedes. Punto. ¿Existe alguna otra razón?

–Por supuesto… mi carrera, por ejemplo. Tengo aspiraciones. Me he esforzado mucho para llegar donde estoy. ¿Sabes todos los dolores de cabeza y las desilusiones por las que he pasado?

–Claro que lo sé… *somos vecinas de piso* –dijo Tita, suspirando.

–En uno o dos años va a llegar mi chance de ocupar una vicepresidencia, creo que me lo merezco después de todo lo que he logrado para la compañía. Me han dicho que estoy alineada para entrar en ese carril ¿Te imaginas? Un matrimonio, no sé, me alejaría de esta oportunidad. Cuando pienso en matrimonio pienso en impedimentos, en deberes.

–Chica, pero si ustedes viven juntos desde hace tiempo.

–No es lo mismo. Aunque en la práctica pasamos tiempo juntos en su apartamento o en el mío, al menos, en teoría, cada uno tiene aún su espacio y cada uno toma sus decisiones como individuo.

–El matrimonio puede ser una atadura, es verdad, pero muchas mujeres logran un balance entre su vida personal y profesional. Quizás sea una simplificación mía, no sé, pero si otras lo han logrado, tú también podrás hacerlo –argumentó Tita.

–No estoy tan segura de eso –dijo Gloria.

–Bueno, el caso es que no serás la primera ni la última que esté en esa disyuntiva.

–Quiero que las cosas continúen siendo como son –explicó Gloria–, sin tener que limitarme por nada. Ya sabes cómo es Nacho de intenso. Sus expectativas y exigencias serían mayores, y las de mi trabajo también.

Ambas se quedaron en silencio.

–Si lo pones así de ese modo, ¿qué opción te queda? Decirle que no al Nachito y pedirle que lo dejen para más adelante. ¡A ver si no se cansa de esperarte!

–¡Oh, Dios! ¿Crees que se canse?

–No tengo idea, amiga. Al menos tienes la noche para pensar qué hacer. Ahora voy a cortar porque tengo que madrugar en la oficina y me toca llevar las rosquillas. Deseo que todo te salga bien. Déjame saber si se rompen mutuamente el corazón, ¿ok? Nos vemos a tu regreso. Un beso.

–Igualmente –dijo Gloria.

Gloria y Nacho se habían conocido tres años atrás, a treinta y cinco mil pies de altura en la cabina de primera clase del vuelo 1331 de Nueva York a San

Francisco. Ella llevaba puesto un vestido a la rodilla color verde oliva, de escote cuadrado y mangas cortas que resaltaba el color blanco de su piel y sus ojos verdes. Delgado y alto, Nacho lucía guapísimo con barba afeitada y abundante cabello oscuro recién cortado y peinado hacia atrás. Vestía un traje gris con camisa blanca y una corbata verde que hacía juego con el vestido de ella, como si se hubiesen puesto de acuerdo para una noche de *prom*.

Entablaron sin ningún esfuerzo una conversación animada durante todo el vuelo. Parecían tener los mismos gustos y puntos de vista en todo, y además compartían una pasión por sus respectivos trabajos. Intercambiaron teléfonos al final y, ya estando en San Francisco, se aventuraron en una cita a la que luego siguieron otras, hasta que se hicieron pareja.

La alarma sonó y Nacho se incorporó de una vez en la cama. Hoy todo tenía que salir perfecto. Tomó una ducha caliente, se afeitó y se hidrató el rostro con una crema humectante que le había regalado Gloria; así era ella de detallista con él. Se vistió con su traje gris y corbata verde, recogió lo que quedaba de su equipaje y bajó al *lobby* a las 8:30 a.m. para dirigirse a la floristería; esperó a que la encargada llegara y abriera, le pagó el arreglo de orquídeas rosadas, las favoritas de Gloria, y salió del hotel a tomar el taxi.

Abordó el taxi al aeropuerto cerca de las 9:10 a.m.; su vuelo saldría del aeropuerto JFK a las 10:55 a.m. si no había retraso. Anticipando lo que pensaba decirle a Gloria al momento de pedirle la mano, empezó a sudar y se quitó la chaqueta.

No había razón alguna por la cual Gloria le dijera que no, ¿o sí? Se llevaban bien en la cama y estaba seguro de que ella lo amaba: había sido su apoyo cuando tenía problemas en el trabajo, se entendía con su madre, una chilena cerrera, y había cuidado de él las veces que se había enfermado. Sobre todo, le tenía paciencia; Nacho reconocía que era muy desordenado, impuntual e intenso, y aunque Gloria había tenido muchos pretendientes entre quienes escoger, lo había preferido a él.

–Oiga, llevamos rato sin movernos –dijo Nacho al conductor, y mirando su reloj vio que eran las 9:48 a.m.

–Grand Central está muy congestionada, debe haber un accidente grande.

–No puedo perder mi vuelo, ¿hay alguna vía alterna que podamos tomar?

–Probaré por la 495. Espero funcione.

–Se lo agradezco –dijo Nacho, tranquilizándose.

Llamó a Gloria.

–¡Buenos días, osita! ¿Descansaste bien?

–Buenos días. Sí, lo suficiente. Ya estoy en el aeropuerto. ¿Tú?

–Voy en camino. El tráfico está un poco lento, pero el taxista ya corrigió la ruta. ¿Cómo estuvo el vuelo? –quiso saber Nacho.

–Tranquilo, menos mal. Ya sabes cómo me estresan los aviones.

–Lo sé, y por eso te agradezco que hayas aceptado desviarte hasta acá.

–Detroit-NY, no es mucho. Tú y tu bendita idea. Es suficiente castigo lo ajustado que me queda este vestido –dijo ella en tono juguetón.

–Gracias por confiar en mí. Ese vestido te queda lindísimo y castigo va a ser no poder arrancártelo de una vez.

–*You, silly*. Te dejo. Estoy trabajando en un reporte para estar más libre durante el vuelo.

–Me parece bien, porque mis planes para cuando estemos en el aire no incluyen trabajo.

–En tal caso, me pregunto qué incluyen.

Las dudas continuaban revoloteando en la cabeza de Gloria.

–Momentos placenteros –dijo Nacho, procurando no agregar ningún otro detalle que arruinara la sorpresa.

–Te espero entonces –dijo ella, y colgó.

Después de una llamada a la oficina, Nacho se dio cuenta que seguían atorados en el tráfico.

–¡Increíble!¡Parece que no nos hemos movido en siglos! –dijo irritado.

–Estamos cerca –replicó el conductor. Eran las 10:10 a.m.

Esta vez fue Gloria quien llamó.

–¿Dónde estás? –preguntó, inquieta.

–Aún en el taxi.

–Pronto comenzará el abordaje.

–No falta mucho para llegar –le aseguró Nacho.

–Estaré en la sala de embarque.

–Allí te veo, amor.

Nacho se dirigió al conductor.

–Oiga, no quiero perder mi vuelo –dijo, esperando que el conductor entendiera lo urgido que estaba.

El señor asintió y presionó la bocina.

Nacho estaba convencido de que esta proposición de matrimonio era más que nada una formalidad; su instinto le decía que Gloria diría que sí. Miró por la ventana, ya estaban en la vía de acceso de los taxis.

Eran las 10:33 a.m.

–Déjeme bajar acá, señor, caminando puedo ir más rápido –dijo Nacho.

Sacó de su bolsillo unos billetes y se los entregó. Se apeó del taxi cargando su equipaje de mano, el morral y el ramo de orquídeas.

El teléfono repicó de nuevo, era Gloria.

–Amor, ¿dónde estás? Falta poca gente por abordar –dijo ella, evidentemente más nerviosa.

–En estos momentos me dirijo a Seguridad. Aborda y no te estreses, por favor. Te veo en unos minutos –dijo Nacho.

No sabía qué hacer con todas sus emociones. Imaginaba el anillo brillando en el dedo delgado y largo de Gloria, con las uñas de ese color rojo ladrillo que usaba y que a él le gustaba tanto, y a los otros pasajeros del avión aplaudiendo mientras ellos se besaban para ratificar su decisión.

Caminó de prisa. Decenas de personas formaban una fila y ponían sus pertenencias en las cestas para la revisión por rayos X. Nacho comenzó a pedir ayuda entre los pasajeros para que lo dejaran pasar y logró avanzar unas posiciones. Cuando por fin pasó Seguridad, recogió su equipaje, el morral y se puso los zapatos, el reloj daba las 10:52 a.m.

Estaba quedando muy mal con Gloria. Sería casi una tragedia no poder volar con ella de regreso a casa y tener que aplazar su propuesta. Se había ilusionado con que todo saliera perfecto.

El teléfono de Nacho sonó de nuevo.

–¡¿Dónde andas, por Dios?! –dijo ella, agitadísima.

–Corriendo hacia la puerta, amor.

–No sé si te dé tiempo, todo el mundo está en sus asientos.

Gloria pensó en la posibilidad real de tener que partir sin Nacho y de pronto esta idea le produjo alivio.

La empleada de la aerolínea se disponía a cerrar la puerta hacia el pasillo que se dirigía al avión, cuando Nacho llegó, teléfono en mano, mostrándole la imagen del boleto de abordar. Entró al avión y allí, en la segunda fila, estaba Gloria con su vestido verde y su melena caoba como la había imaginado tantas veces. Le dio las orquídeas y la besó en la mejilla. Ella le respondió con una sonrisa. ¿Sospecharía Gloria que él pensaba proponerle matrimonio? Nacho colocó el equipaje de mano en el gabinete arriba de los asientos, se sentó, se ajustó el cinturón de seguridad y abrió la salida del aire acondicionado mientras intentaba recuperar el aliento. Lo que más deseaba era pasar con Gloria el resto de su vida.

La aeromoza cerró la puerta del avión y comenzó a hacer los anuncios.

El vuelo 1331 partió del aeropuerto JFK a tiempo, pero nunca llegó a su destino.

VOLVER A TRABAJAR

La miraba como alguien mira su postre favorito después de hacer una dieta estricta de tres meses.

–No, cariño, hoy no –le dijo, mientras terminaba de abotonarse la blusa frente al espejo.

–Pero mi linda, es que hace tiempo que...

–¿Quieres decir hace dos días? Te recuerdo que *hace tiempo* yo no trabajaba. Además, aún me quedan cosas por hacer antes de salir.

–Pero ninguna sería tan placentera como estar juntos, ¿no crees?

–Ay, no, ¡no inventes, Paco! La verdad no te entiendo. Cuando no trabajo, pasan tan solo unos meses y ya vuelves a insinuarme que tengo que hacer algo con mi vida. Y apenas regreso a trabajar, te comienzan a dar estos antojos mañaneros. No me distraigas, hoy tengo un día importantísimo en la oficina.

–¿Tan importante como tener a tu marido contento? –dijo un poco más serio esta vez.

–Pues no me preguntes, gordito. Hoy es mi

oportunidad de lucirme en la presentación a la gerencia y no la pienso desperdiciar.

Terminó de maquillarse rápidamente, le dio un beso en la mejilla y salió de la habitación. Él la siguió hasta la cocina.

–Desperdicio sería que me dejaras así como estoy –dijo él, dirigiendo la mirada debajo de su cintura.

–Siempre con lo mismo –dijo ella con una media sonrisa–. Bien que te lo advertí que regresar a trabajar implicaría el sacrificio de muchas cosas.

–Pero no de ésta, mi amor, ¡por favor!

–¿No fuiste tú el que sugirió que ocupara mi energía en algo productivo? Por cierto, en aquel momento prometiste que me ayudarías con las tareas de la casa.

–Y lo he hecho, ¿o no?

–Bueno, recoger tu plato al terminar de cenar y llevar la ropa a la tintorería en alguna que otra ocasión, no es lo que yo llamaría mucha ayuda, ¿no? Yo sigo lavando, cocinando y limpiando a pesar de que regreso tarde de la oficina –aclaró ella.

Le sirvió una taza de café a él mientras tomaba la suya.

–Flaca, te prometo que te ayudaré más de ahora en adelante, de veras, ¡te lo prometo! Pero no me dejes así –insistió él.

–Bien, ¿y qué tal que empieces a cumplir tu promesa hoy? –lo retó ella, resuelta a terminar la conversación con su marido–. ¿Podrías prepararle a la niña el desayuno antes de irse a la escuela? Solo tienes que calentar un *waffle* en la tostadora.

Miró el reloj, ya se le hacía tarde para el trabajo y caminó apurada al garaje. Se montó en el carro, echó a andar la reversa y ya estaba casi afuera en la acera, cuando lo vio corriendo hacia ella, batiendo los brazos con cara de pánico y gritando: "¡¿Qué es un *waffle*?! ¡¿Y dónde está la tostadora?!"

QUÉDATE CONMIGO

La semana había transcurrido lenta y apenas era jueves. Bajé del autobús de la escuela y caminé a la casa, acalorada y hambrienta. El olor a carne frita y plátanos asados me recibió en la entrada; subí las escaleras para ir a mi habitación a cambiarme de ropa y bajar a comer enseguida, y al llegar encontré a mamá fisgoneando todo.

–¿Por qué hurgas en mis cosas, ma? ¡Pensaba acomodar este fin de semana!

Mamá tomó una camiseta de la montaña de ropa que había sobre mi cama, la dobló y la metió en la cómoda.

–Se dice "buenas tardes", Jessica. La semana pasada dijiste lo mismo y el desorden continúa. Por lo tanto, pensé en ayudarte un poco ¿Cómo te fue hoy en la escuela?

¿Cómo te fue hoy en la escuela? ¡Mamá siempre preguntaba lo mismo! Y ahora ponía una falda en ganchos; se la arrebaté de las manos y la puse de regreso en la pila.

–Me fue bien, y déjalo así, ma, en cualquier momento lo hago.

Libros abiertos, lápices y vasos cubrían el pequeño escritorio y había zapatos regados sobre la alfombra.

–No puedo esperar a que lo hagas *algún día*, Jessica. ¿No te molesta que tu habitación permanezca en este caos?

–Entonces, no entres –murmuré, aunque esperaba que me escuchara.

–Encontrar algo aquí tomaría un trabajo de detective –dijo.

–Yo sé dónde están mis cosas mamá. Déjame decidir al menos cómo mantengo mi habitación, ¿sí? Necesito privacidad.

–Qué privacidad ni qué bobada; arregla este desorden o seguro me verás acá de nuevo –dijo.

–¿Ves? ¿Ves cómo no haces un esfuerzo por entenderme?

–Ya basta, Jessica. Ven, bajemos, la comida está lista.

El almuerzo en la escuela apenas y lo había probado, y me moría por comer algo, pero no quería escuchar la cantaleta de mamá acerca del desorden, que seguro se extendería. Tampoco quería que me preguntara sobre cómo me había ido en los exámenes y que me hablara de la importancia de las buenas notas para mi futuro. Éstos eran sus tópicos favoritos.

Pocos años atrás, mamá se desvivía por complacerme en todo. Cuando mis amigas venían a jugar mamá nos prestaba su ropa y el maquillaje para hacer desfiles de moda, nos dejaba cocinar con ella y dormir solas en una tienda de campaña en el patio de la casa. Mamá era divertida y nos llevábamos bien; no sé en qué momento había cambiado tanto y se había vuelto tan cansona.

Me quité los zapatos y me eché sobre la cama a pensar en la fiesta del sábado: Allison había dicho que Carlos iría. Estudiaba el onceavo grado y era muy popular en su escuela; alto, de cabello castaño y buen cuerpo. Lo conocí en una reunión en casa de Allison y después de eso lo vi un par de veces más en el *mall*. Me gustaba mucho, pero no íbamos a la misma escuela. Esta fiesta sería decisiva si yo quería tener algo con él. Según Allison debía llamar su atención, ser desenvuelta y jovial; así eran las chicas que les gustaban a los muchachos de grados más avanzados.

Desde que mi mamá me dio permiso el lunes, no había podido pensar en nada más. Me había costado muchísimo que me dijera que sí y más bien fue un sí condicionado: la "mamá de la casa" tenía que estar allí, yo no usaría mucho maquillaje y estaría solo hasta las doce de la noche, como la Cenicienta. Mamá se negaba a aceptar que ya yo era una mujer, y creía que una muchacha del noveno grado como yo no podía andar de fiesta pasada esa hora.

Yo quería ser como Allison. Ella iba a las fiestas que quería, se maquillaba y vestía como le diera la gana y salía sola con muchachos. Los padres de Allison no ponían reparo en lo que hiciera, siempre y cuando sacara buenas notas; pero en cambio mamá, era intransigente.

Por fin llegó el sábado. La fiesta era en casa de Adriana. Ella había invitado a Allison y ésta, al saber que Carlos iría, me invitó a mí.

Estuve lista a las nueve. Me puse un maquillaje muy suave, casi neutro, un vestido entallado azul marino de tiros finos y unos zapatos beige de tacón alto. Según Allison, tenía que acostumbrarme desde ya a montarme en ellos o no aprendería jamás.

Encontré a mamá con cámara en mano cuando bajé las escaleras.

–Mamá, ¡ahora no, por favor!

–¡Estás tan linda! Esto apenas tomará unos minutos, cariño. No tengo fotos tuyas recientes.

Posé para la primera foto. La cámara hizo varios clics. Me pidió una segunda pose.

–Pero sonríe, hija –dijo.

Sonreí sin ganas.

–Eso que hiciste es más una mueca que una sonrisa.

–Mírame, ma, ya estoy sudando; voy a llegar oliendo mal a la fiesta. ¿Nos vamos?

Mamá asintió y guardó su teléfono; me pareció verla triste, estaba muy sensible a todo últimamente.

Con ayuda del GPS la fui guiando hasta que llegamos a la casa de Adriana. Era la casa más grande de la redoma, con un camino de ladrillos rojos enmarcados por luces que conducía a una puerta grande de doble hoja.

Mamá apagó el carro y se dispuso a bajarse.

–¿Qué haces, ma? –le pregunté.

–Me gustaría conocer a la mamá de tu amiga que está dando la fiesta, o a su papá, como quedamos.

Era típico de mamá ser muy desconfiada.

–Ma, ya no estoy en la primaria, ¿sabes? Por favor, no me hagas pasar vergüenza, ¿sí? Estoy segura de que la mamá o el papá de Adriana están allí. Uno de esos carros en la entrada debe ser el de ellos.

Se quedó pensativa, con las manos en el volante.

–Está bien, hija. Te recogeré a las doce.

–¿Tan temprano? ¡No es justo! –protesté.

–Fue lo que acordamos. No quieras cambiar lo que hablamos, Jessica.

–¿Por qué no me dejas ganar, aunque sea una vez? ¿Por qué todo tiene que ser a tu manera? –dije, tirando la puerta del carro con todas mis fuerzas y caminando de prisa hacia la entrada de la casa sin voltear a ver su cara.

Me tocaría escucharle el sermón al regreso. Entré y le escribí un mensaje a Allison como habíamos acordado; necesitaba ponerme algo más de maquillaje antes de que Carlos me viera.

La cocina estaba llena de jóvenes comiendo bocadillos y bebiendo alrededor del mesón, y en la pista de baile parejas y círculos de jóvenes bailaban al ritmo de un reguetón. Una bola de discoteca emitía rayos de luces de colores en todas las direcciones: azul claro, púrpura, rojo. Adriana dijo que aún era temprano y faltaba mucha gente por llegar.

Allison y yo nos servimos un ponche; era una bebida anaranjada fuerte y dulce a la vez. Era la primera vez que tomábamos alcohol. No estábamos seguras si tenía ron o tequila, pero era mejor no preguntar "para no delatarnos como novatas", dijo Allison.

No estaba interesada en las personas que Allison me presentaba, yo solo quería hablar con Carlos. Ya comenzaba a impacientarme, cuando lo vi llegar: camisa y pantalón negros, mocasines de cuero marrón. Era uno de los chicos más populares de su escuela y en la mía no existía uno tan guapo como él. Allison nos presentó de nuevo, parecía haber olvidado que nos conocíamos de antes. Allison se excusó para ir a buscar unas bebidas y nos quedamos solos, todo de acuerdo con el plan.

Al principio me sentí incómoda, estaba tratando de recordar todo lo que me había recomendado Allison que hiciera y era difícil escuchar a Carlos con el volumen tan alto de la música; la conversación se apagó más rápido de lo que esperaba. Yo jugaba con mi bebida y él se acomodaba la camisa que se le salía a cada rato del pantalón, o tal vez era solo una excusa para hacer algo frente al hecho de no saber qué más decir. Me encantaba la manera en que los mechones de su cabello se le venían a la frente y cómo los echaba hacia atrás con sus manos largas, como de pianista. Aunque él no se acordaba de mí, ciertamente yo no lo había olvidado a él. Bebió sus cervezas con rapidez, sin duda estaba acostumbrado. Terminé el ponche y me trajo otro, y cuando se terminó ese me trajo uno más. Comencé a sentirme más relajada y reiniciamos nuestra conversación. Se distraía por momentos mirando a los lados y saludando a quienes lo conocían, especialmente a las muchachas, que parecían estar atraídas hacia él como abejas a un panal.

–Me gustaría fumarme un cigarrillo, ¿salimos al patio? –dijo, registrando uno de los bolsillos de su camisa.

–Sí, claro, te acompaño.

Carlos encendió el porro, dándole una aspirada lenta que pareció disfrutar; ¡me parecía tan masculino! Extendió su mano ofreciéndome el churro. ¿Me descubriría mamá por el olor si yo decidía probarlo? Hacerlo era parte de la experiencia de estar en la escuela secundaria y ella no tenía por qué enterarse.

–Paso por ahora –dije, sintiéndome como una idiota. Seguro Carlos pensó que yo era aún una chiquilla inexperta y tonta.

En un mensaje, Allison me preguntó cómo iba la cosa y le dije que nos estábamos divirtiendo, pero en realidad yo estaba molesta de no poder capturar la atención total de Carlos; deseaba que solo se fijara en mí.

Cuando se terminó el ponche, me serví un tequila con soda de limón que al beberlo me dio la determinación de tomar a Carlos de la mano y llevarlo a la pista de baile. "No sé bailar, te puedo pisar", dijo. "No es difícil, inténtalo", le respondí, y comenzamos a movernos, ambos fuera de ritmo. El baile tampoco era mi fuerte, pero los tragos estaban haciendo el milagro: Carlos parecía divertirse con las cosas que yo le decía. "Eres bonita", me dijo, y por fin me sentí segura de que le gustaba; le sonreí y nos fuimos tomados de las manos a buscar otra cerveza para él y algo más para mí. El trago que me preparó Carlos me supo diferente, quizás ya se había acabado el tequila. Pero ¿qué importaba? Mis pies se movían con soltura ahora, ligeros e indiferentes a lo que pensaran los demás, y con los ojos de Carlos puestos en mí no me hacía falta nada más. Nos estábamos llevando de maravilla y tuve la seguridad de que algo bueno saldría de todo esto.

Sonó por fin una balada y Carlos me tomó por la cintura. Me habló algo al oído que no entendí y sentí su aliento caliente en mi cuello. Su mano recorrió mi espalda y repentinamente la puso debajo de la cintura; aunque su caricia fue un poco tosca, mi cuerpo ardía por dentro y yo deseaba más. Al terminar la canción nos quedamos allí, hablándonos al oído, su mano en un lugar prohibido, la otra sujetándome cerca de él, como si estuviéramos solos en la fiesta. Yo no sabía qué hacer, ¿qué le diría si me invitaba a dejar la fiesta? ¿Y qué haría con mi mamá? Me excusé, inquieta, para buscar a Allison; necesitaba con urgencia un plan.

Al no encontrar a mi amiga decidí regresar a la pista, no era buena idea dejar a Carlos solo, cualquier chica podría echársele encima.

Lo encontré haciendo su bailecito raro con otra tipa, sus cuerpos pegados, como habían estado los nuestros. Él le acariciaba los hombros y le apartaba con dulzura el cabello de la cara. Todo daba vueltas en mi cabeza. Me acerqué y ni siquiera se percató de que yo estaba allí. ¿Me había tardado tanto? "¡Estúpido!", pensé. Había sido una imbécil al creer que era así de especial solo conmigo. No sabía qué hacer, no quería continuar mirándolos y tan solo se me ocurrió escribirle de nuevo un mensaje a Allison para ver si podíamos hablar.

El rock que comenzó a sonar retumbaba en mi pecho y por encima de la música se escucharon unos gritos: ¡policía!, ¡policía!, a la vez que todos comenzaron a correr y a empujar. Unos subieron las escaleras, otros salieron al patio y otros terminamos en el jardín, donde nos encontramos frente a unos oficiales fornidos y altos como una pared y con una expresión poco amigable en sus rostros. Preguntaron por los dueños de la casa, pero la confusión era tal, que nadie sabía nada y al final no apareció ningún adulto.

Los policías hicieron una lista con nuestros nombres y los teléfonos de nuestros padres. No quería pensar en cómo reaccionaría mamá a todo esto. Me quité los tacones que me habían torturado toda la noche y me acuclillé en la acera. El tequila iba y venía dentro de mi estómago, pero tenía que aguantarme frente a los invitados de la fiesta y, sobre todo, frente a Carlos; sería humillante que me viera vomitar.

Esperé por mamá lo que me parecieron horas. Al llegar habló con el oficial y luego caminamos juntas hacia el carro. "Lo siento, lo siento mil veces" hubiera querido decirle, pero en lugar de eso, terminé vaciando mi estómago en la acera. Mamá no se acercó a sostenerme la frente como lo hacía cuando yo vomitaba de pequeña. Permanecimos en silencio en el camino de regreso a casa, su rostro sin expresión.

Subimos a mi habitación y mamá tomó la ropa que estaba sobre la cama y la lanzó sobre la alfombra con el resto del desorden. Me eché sobre la cama con lo que llevaba puesto; mi cabeza era como una bomba a punto de estallar. Aún no reunía el valor para mirarla a los ojos. ¡Si al menos me gritara y me pusiera en mi lugar, sin reservarse nada! ¿Cuánto sería su desencanto? Salió de la habitación hacia las escaleras.

–Ma, ¿puedes quedarte conmigo hasta que me duerma? –me atreví a decir en un susurro.

Es lo que le pedía antes cuando yo era niña y me imaginaba que no podía sobrevivir la noche sin ella. Dudó unos segundos antes de devolverse y tenderse a mi lado.

–Ma…

–Hablaremos por la mañana –me aseguró, cruzando los brazos sobre su pecho.

PÁJARO SIN ALAS

Hace tres meses se iniciaron las protestas en todo el país. Primero eran pequeños estallidos que ocurrían en un barrio humilde como el mío, donde cortaban la electricidad y el agua todos los días, donde la comida escaseaba en los mercados y donde los presos que se llevaba la policía por hacerle oposición al gobierno no regresaban. Después se fueron uniendo otros barrios y más ciudades hasta que se generalizaron en todo el territorio nacional.

Con tanta huelga e inestabilidad en el país apenas logré terminar el bachillerato y cuando alguien me pregunta si sigo estudiando, le digo que sí, que para *marchador profesional*, y me miran con aquella cara de que les estoy tomando el pelo. Pero eso es lo que hago cada día: marchar, tirar piedras, tragar gas, y lo haré hasta que el país sea libre o me alcance la muerte. No falta tampoco algún descorazonado que me pregunte si tengo miedo a morir. A veces ni respondo, ¡a quién se le ocurre! ¡Claro que le temo a la muerte! Solo cuando la ves de cerca como la hemos visto nosotros es que te convences de lo desoladora que es.

Me bajo del metro y subo apresurado las escaleras, ya quiero llegar. Un hombre registra la basura en la calle buscando qué comer y eso me recuerda que quedé con hambre después de los dos mangos del desayuno. Troto hacia la esquina de la avenida Francisco Fajardo donde me esperan el Cato y los demás compañeros. Al llegar nos abrazamos; vernos cada día enfrentando al mismo enemigo nos ha hecho los mejores amigos. Tenemos los corazones enlutados por los muchos que han caído muertos o heridos por la crueldad del régimen; su único crimen ha sido la inconformidad y el pensar diferente.

La dictadura nos ha convertido en pájaros sin alas, seres incompletos de su propia naturaleza. Seres anémicos que sobrevivimos solo por la fuerza que nos dan los ideales en los que creemos, aun sin tener la certeza de poder regresar algún día a ser quienes fuimos. Quieren quitarnos la esperanza y robarnos el futuro.

Empezamos la marcha hacia el complejo militar Fuerte Tiuna y mientras caminamos a lo largo de la avenida, discutimos estrategias: quiénes van de escuderos, quiénes devuelven las bombas y quiénes ayudan con primeros auxilios. Hoy soy escudero y la vida de otros depende de mi habilidad y de mi firmeza.

Centenares de personas se nos han unido y ahora la marcha es como un río que aumenta su caudal sin que se le puedan ver los afluentes.

Saco de mi morral un casco blanco para protegerme la cabeza y me cuelgo alrededor de los hombros la bandera de mi país: esa tricolor, amarillo, azul y rojo con siete estrellas blancas en el centro, que estudié en el curso de Moral y Cívica en la escuela primaria y frente a la cual cantábamos el himno nacional cada mañana. Poder desplegarla con libertad es la razón por la cual marcho. Tiene manchas de sangre de los compañeros caídos y cuando la tengo conmigo me siento invencible. Me cubro el rostro con un pañuelo, como los forajidos de las películas del oeste que veía de niño con mi padre, y me cercioro de que tengo en el bolsillo el crucifijo de madera que me dio mi madre. Cree que no la he visto, pero llora cada mañana cuando le pido la bendición al salir.

Llegamos a la plaza Altamira y nos encontramos con gente que viene de otros sectores de la ciudad y ahora marchamos la última distancia en dirección al Fuerte. Escucho una canción que habla del turpial, las playas, el desierto, la selva y la nieve de la patria, y me uno al coro. Papá la cantaba con alegría cuando de niños salíamos de viaje en el carro a la Península de Paraguaná, pero ahora tiene un tono solemne, y es difícil cantarla y que las palabras no se me atoren por el llanto.

Continuamos el camino y alguien ha iniciado un rosario; las voces de abuelas, padres de familia, mujeres y hombres jóvenes se unen al rezo; nunca había escuchado a tantos creyentes juntos. A mi país no le faltan vírgenes: la gente lleva carteles con imágenes de la de Coromoto, la de Chiquinquirá, la Divina Pastora y muchas otras. A pesar de que no soy religioso, me dejo cubrir de esa atmósfera mística que nos rodea y el despliegue de esas palabras repetidas como un mantra me apaciguan el miedo.

Mi pana el Cato camina a mi lado, animado. Nos conocemos desde la primaria: amigos de béisbol, de rumba, de amores y de pobreza. "Hoy cae el régimen", dice con tanto convencimiento que le creo.

La represión del gobierno ha sido desmedida: armas de guerra contra carteles, piedras e ilusiones. Cada día somos testigos de su salvajismo; los estudiantes han sido atropellados por tanques, las mujeres golpeadas y arrastradas por soldados y los ancianos atacados con agua de los tanques antimotines. Este ensañamiento me impulsa a seguir.

Avanzamos unos kilómetros más de camino y ya el número de personas en la marcha es incontable. Miro hacia atrás y veo la historia de mi país, una mezcla de razas que los colores de nuestra piel, cabello y rostros reflejan. La mayoría viste de blanco, y me recuerda esa ocasión cuando tenía seis años que papá nos llevó de paseo al pico El Águila y vi por primera vez la inmensidad de la nieve derramada sobre las montañas.

Un compañero grita el alto; aún no hemos llegado a las afueras del complejo militar pero ya nos cortan el paso. Detrás de nosotros la multitud se detiene poco a poco y nuestros cuerpos se aglomeran en un espacio más pequeño.

Me abro paso a la primera fila. Los opresores se encuentran a unas dos cuadras frente a nosotros. ¿Serán hijos de esta tierra o sicarios nacidos en otro lado? Mi cuerpo se tensa con la descarga de adrenalina y mi mano sujeta el escudo improvisado de lata y cartón con el doble de la fuerza que requiere. Reacomodo el casco sobre mi cabeza y suelto un poco la bandera de mi cuello que recién comienza a apretarme. A mi alrededor reconozco las caras de mis amigos, son mi familia. Aunque el clima de mi ciudad es el mejor del mundo, con días frescos y soleados, hoy lo siento como el infierno y el sudor me corre por las sienes.

La gente grita consignas y levanta sus pancartas: "Soldado, defiende la Constitución", "Abajo el régimen", "Libertad". No importa si somos estudiantes o qué trabajo tenemos, en qué barrio vivimos o a qué clase social pertenecemos, el sudor que emana de nuestros cuerpos se mezcla en un vapor colectivo.

Los guardias nacionales se han apostado en tres filas y están más cerca. Unos llevan fusiles, otros lanzabombas o armas automáticas de guerra, y detrás de ellos, tan solo a pocas decenas de metros, está la ballena antimotines. Visten uniforme verde y gris, botas de seguridad, escudos y cascos con visores oscuros. ¡Qué arrecho es no poder ver la cara del que te oprime!

Por unos segundos, un silencio frío, incómodo, se cuaja entre los dos bandos y nadie se mueve, nada sucede, es como una imagen en un periódico.

Los muy salvajes nos instigan: "¡La revolución no tiene vuelta atrás!", "¡Lárguense o los vamos a quemar! ¡Malditos, jamás volverán a gobernar!". Nosotros respondemos: "¡Vendepatrias!" "¡Asesinos!" ¿Cuándo dejamos de ser hermanos para convertirnos en enemigos? ¿Por qué mejor no levantan sus armas contra el dictador?

"¡Mosca, mi pana! ¡Estos desgraciados vienen con todo!" grita el Cato; el ruido que produce la multitud me ensordece y apenas lo escucho.

Nosotros nos esparcimos en las primeras filas y los soldados avanzan en formación. Algunos marchistas se retiran del lugar oliendo el peligro mientras otros se quedan para ser testigos de la violencia que ya es evidente. Otros toman fotos o graban vídeos.

Escucho gritos de cada bando y el monstruo de la adrenalina quiere salir de mi cuerpo no importa qué. Afianzo mis pies sobre el asfalto caliente.

No sé cómo se inició el ataque, del lado contrario provienen bombas que silban en el aire y crean líneas de humo; los fusiles truenan. Busco al Cato en medio de la conmoción, pero no lo consigo. Una bomba lacrimógena cae a tres pasos de mí y aunque el humo me ahoga la recojo y se la devuelvo a los soldados con todas mis ganas. Otros compañeros tiran piedras. Los soldados alinean sus escudos uno al lado del otro formando una pared impenetrable, y se han acercado tanto –a tan solo unos cuarenta metros de nosotros– que puedo sentir el calor que se desprende de ellos.

Por fin localizo al Cato; ha lanzado una piedra con tal fuerza, que logra rebasar la pared humana. "¡Malparido!", grita uno de los verdes. El estallido de un fusil retumba en mis oídos, corro hacia el Cato para protegerlo y le pegan unos segundos antes de que yo pueda alcanzarlo. Le han disparado de cerca, así, como si nada, como cuando jugábamos de niños a policías y ladrones con pistolitas de plástico. El Cato cae sentado en el asfalto y llego a tiempo para sostenerlo por la espalda. "Panita, ¿me dieron? Creo que me dieron, no puedo respirar". Las palabras le salen con dificultad. Miro su pecho con numerosos impactos de mini proyectiles y parches de humedad roja le empapan la camiseta. En mis brazos yace mi hermano, nuestra infancia feliz, nuestros sueños, toda nuestra vida juntos. Siguen lloviendo bombas de gas. Los compañeros nos rodean para protegernos y me doy cuenta de que la adrenalina también puede dejarte inmóvil. "¡A la moto-ambulancia!" "¡A la moto-ambulancia!", me gritan; no sé cómo me llega la fuerza, me echo al Cato en la espalda, lo llevo hasta la moto y acomodo su cuerpo inerte entre el piloto y el ayudante. Las ambulancias equipadas son solo para ellos, para los soldados, como si nosotros no fuéramos gente.

Sus ojos rojos y ausentes miran un punto fijo en el cielo; busco vida en ellos, pero no la encuentro. "Anda panita, te veo más tarde en el hospital", le digo, y no me arriesgo a mirarlo de nuevo; pienso en mi familia y en mi país, no quiero fallarles a ellos tampoco.

Corro al frente, escudo en manos. La sangre del Cato que mojó la bandera ahora moja mi camiseta, y las lágrimas que me causa el gas se me confunden con las que derramo por él y por mi país. Escucho el zumbido de una bomba y levanto los ojos; la línea de humo blanco que produce en el aire viene directo hacia mí, está muy cerca.

No puedo respirar. Hoy cae el régimen.

DÉJAME CONTARTE

30 de octubre

Aún no logro conciliar el sueño por las noches a pesar de que han transcurrido varias semanas desde ese momento que cambió mi vida por completo. Todavía escucho la respiración acelerada, urgente, encima de mí. Me parece que fue ayer, y sigue allí cuando me baño, cuando camino entre los edificios de la universidad, en mis pesadillas. Quiero ser valiente como esa estudiante que salió en las noticias y que arrastraba un colchón de clase en clase en el campus de su universidad, tratando de sensibilizar al mundo ante esta realidad que nos toca vivir a algunas. En lugar de eso, lo que pasó lo entierro bien hondo dentro de mí y hoy me siento como una mala copia de mí misma.

2 de noviembre

Terminé con Joaquín. He llenado tantas de estas páginas escribiendo de él; dulce y amoroso Joaquín; celoso y estricto Joaquín. Nuestra conversación se extendió más de lo que yo hubiese querido. Yo: Soy yo, he cambiado, todo es diferente para mí y ya no siento lo mismo por ti. Él: He notado que algo te pasa, pero ¿porqué no me lo cuentas? Estoy seguro de que lo que sentimos el uno por el otro está intacto. Yo: Es muy simple, ando muy ocupada con eso de terminar mi carrera, necesito enfocarme y no creo tener tiempo para nuestra relación. Él: Esto no tiene sentido, tenemos que hablarlo con más calma. Yo: No, esto se acabó.

No pude mirarlo a los ojos y decirle que me fui sin él a esa fiesta y que tomé de más y que pasó lo que pasó sin yo desearlo. Que fue como si me hubiesen llenado de un veneno que todavía recorre todo mi cuerpo retorciéndome las vísceras y me las aprieta por dentro y que, aunque no me ha matado, tarde o temprano lo hará. Que lo amo a él, pero no quiero que él sufra ni que lleve parte de esta carga.

Mami, si estuvieras aquí a mi lado, ¿qué me dirías? ¿Me dejarías llorar hasta sacarme toda esta zozobra que me ahoga? He escrito mil veces en este diario cuánto te extraño. Espero que los muertos puedan leer.

5 de noviembre

Hay pesadillas en las que luchas por despertarte y cuando lo haces, aunque te hayas desesperado un poco, aún puedes apreciar la luz que entra por tu ventana y oler el pan que hornean en la panadería de la esquina y sabes, aunque el corazón quiera salirse de tu pecho, que todo está bien. Pero existen otras en las que no importa cuánto quieras abrir los ojos, ni si gritas o te pellizcas, no puedes despertar, porque en primer lugar no estabas soñando; luego crees que estás loca y no admites que lo que está sucediendo es tu realidad por absurda que parezca.

Se me atrasó el período y pensé que quizás era estrés y tuve que reunir el valor para salir de la duda, para enfrentarme a esa ridícula posibilidad. Fui a la farmacia, compré la prueba. No importó que batí el aparatito con todas mis fuerzas; lo tiré al piso y hasta intenté quemarlo, pero siempre me dio la misma respuesta. Caminé como hipnotizada a clase, entré al salón y me senté. A veces hay errores, pensé, a veces estas cosas se equivocan. ¿Acaso es justo que la vida me pida que viva esto? ¿Acaso es justo este miedo que se cala en mis huesos?

Fuera del salón, los estudiantes revisaban sus apuntes en preparación para los exámenes y las ardillas recogían nueces. En las calles los conductores y peatones pasaban apresurados, como si nada pasara, queriendo llegar a sus destinos. La ciudad bullía como siempre.

11 de noviembre

Las penetraciones ya no me duelen en la vagina como al principio, sino en la dignidad; igual de bruscas, de impetuosas e insistentes. Es difícil olvidar el escozor que sentía por dentro y la respiración entrecortada del cuerpo opulento que me aprisionaba. Vergüenza. Impotencia. Ira. Cuando te violan, lo hacen para toda la vida. ¿Volveré a ser la misma alguna vez? Sabes que las drogas en las bebidas rondan en las fiestas de la universidad, pero nunca piensas que te puede pasar a ti. Elisa y yo cuidábamos una de la otra y también Joaquín nos cuidaba. Desde ese día, no he podido escribir de lo que escribía antes: los episodios rosa del amor entre Joaquín y yo, nuestros planes para cuando nos graduáramos, los viajes de vacaciones con Elisa cuando tuviéramos dinero. La llamé solo para escuchar su voz, aún no regresa de su semestre de estudios en España. ¡Cuánto me insistió que nos fuéramos juntas para hacer el semestre allá!

14 de noviembre

Hoy me llamó tía. Quería venir este fin de semana a visitarme y traerme comida, como si hubiese visto a través del teléfono que los pantalones que llevo puestos me quedan muy grandes. Sospecha que algo me pasa y yo no sé si podré contarle alguna vez; he olvidado cómo confiar. Táctica evasiva: muchos ensayos por escribir, profesores más difíciles que el semestre pasado, pasantías en puerta. Quizás la visite el fin de semana de Acción de Gracias.

16 de noviembre

Estoy embarazada. Oficialmente lo dice el examen de sangre y el médico. El embrión crece con rapidez, pronto se podrán escuchar los latidos de su corazón…y nada me aterra más. Fui a la oficina de la consejera de la universidad. Su oficina estaba pintada de un azul muy claro y tenía muchas plantas vivas en cada esquina, parecía un oasis. En las paredes había afiches colgados con motivos de flores y otros con los rostros de Buda y Jesús. Me dijo que "todo estaría bien". ¡Cómo necesitaba escuchar esas palabras tan simples! "¿Tienes novio? ¿Sabe que esperas un hijo de él?", me preguntó. No pude responder y le agradecí que no me acosara con más preguntas. Tomó mis manos entre las de ellas dándoles palmaditas y me hizo prometerle que volvería a visitarla; me dio su número celular para llamarla "cualquier día, a cualquier hora". Sentí como si mamá estuviera allí, abriéndome sus brazos. Hoy presenté el examen de Geografía Política y no me fue bien; yo estaba hecha trizas y de veinte preguntas solo contesté seis. Las otras materias van igual de mal, no sé si pueda salvar este semestre.

18 de noviembre

Hoy sí le conté todo a la consejera; me sentí aliviada y huérfana por igual. Me explicó lo que hace la universidad en estos casos si deseo hacer una denuncia. Pero yo no reconocería a mi verdugo aun si nos encontráramos frente a frente.

Me aconsejó que no actuara en forma impulsiva y tomara unos días para calmarme; el receso de Acción de Gracias está cerca y piensa que el descanso y el tiempo en familia me caerán bien. Tiempo, tiempo, tiempo. Es lo que menos tengo. Extraño a Elisa, la pienso más que nunca. ¿Me acompañaría en todo esto sin juzgarme? Solo deseo que todo vuelva a ser como antes.

1 de diciembre

Los días con mi tía estuvieron bien. Sin embargo, a menudo me siento extraña junto a la gente, como si no perteneciera al género humano. ¿Cómo puede uno estar tan acompañado y sentirse tan solo a la vez? Recuerdo las últimas cenas de Acción de Gracias que pasé con mamá; nada de pavo, ni vainitas verdes ni puré de papas. Un chocolate caliente con buñuelos en las congeladas mañanas de Oregón eran el mejor menú para celebrar y el mejor remedio para cualquier mal. Mamá, si estuvieras aquí, ¿te desencantarías de mí? No quiero mentirme a mí misma; hay una idea que da vueltas en mi cabeza.

3 de diciembre

Fui a la oficina de la consejera esta mañana y mientras conversábamos, me pareció que Jesús y Buda me miraban. Me juzgaban, quizás. Ella dice que me entiende, pero no le creo, ¿cómo puede entender si no le pasó a ella? Dice que teme por la seguridad y el bienestar de ambos. Claro, es muy fácil hablar de *ambos* cuando la palabra no te involucra a ti y decir *no lo hagas* cuando no estás en los zapatos de la persona. Mis razones deberían ser obvias. Estoy asqueada y no puedo aceptar que parte de esa persona tan horrible viva en mí. No quiero acunar a ese bebé en mis brazos, no quiero cantarle canciones de cuna y no quiero amarlo. No quiero traerlo al mundo para cederlo y luego tener que acostumbrarme a vivir sin él, porque sería admitir que lo que pasó no me importa. Es imposible. Mientras más pronto haga lo que tengo que hacer habrá menos riesgo para mí y podré dejarlo todo atrás, escondiendo mis más profundos remordimientos bien adentro y guardando este secreto hasta que muera.

6 de diciembre

Hoy llamé a la clínica; según ellos es algo sencillo. Me maravilla la capacidad que tenemos las personas de simplificar problemas tan complejos. La consejera va a acompañarme en la fecha que yo decida; sé que tratará de hacerme cambiar de opinión porque va en contra de sus principios, pero me prometió su ayuda y confieso que necesito tener a alguien a mi lado para dar este paso. Jamás le he hecho daño ni a un bicho.

No sé qué me espera después de todo esto. La única certeza que tengo hoy por hoy es este miedo que me ahoga, tan real como el lápiz que en estos momentos tiembla entre mis dedos.

Joaquín, ¿qué voy a hacer contigo? No eres parte de esta historia y no puedo seguir escondiéndome, evitándote. Sería más fácil si aceptaras que necesitamos tomar diferentes caminos.

8 de diciembre

Ayer por la noche soñé con mamá y me dolía el pecho cuando desperté. Practico poco o casi nada la religión que me enseñó, pero me considero una persona con fe. La formación de una vida es un milagro, diría ella; ese pequeño ser ya se está desarrollando y está intentando convertirse en algo maravilloso. Cada vez que pienso en hacer lo que voy a hacer, algo estalla como una bomba en mi cabeza y deja fragmentos pequeños de mi vida por aquí y por allá. Interrumpir esa vida, ¿no me convertiría en una mujer egoísta y cobarde que solo piensa en evitar el sufrimiento propio?, o peor, ¿en una asesina? Duermo poco y me he transformado en algo así como un zombi: me muevo, pero no vivo.

9 de diciembre

He perdido el apetito, pero tengo que poder llegar al final del semestre; me puse una rebanada de queso y una galleta en la boca y me forcé a masticar y tragar. Quisiera más que cualquier cosa, escuchar la voz de mamá, hablar con ella. ¿Qué haría ella en mi lugar? Me desmorono como una casa hecha de naipes.

11 de diciembre

En la calle vi niños sentados en sus cochecitos, cargados en brazos de sus padres o caminando en la acera tomados de la mano de sus madres. Me emocionó la conexión que existía entre ellos; ese complemento entre la dependencia y confianza absoluta de los pequeños en sus padres, y la determinación y convicción total de los padres para protegerlos. Mentiría si no admito que cada niño me recordó al que crece en mi vientre. Algo se resquebraja en esta coraza con la que me he cubierto. Vivir el embarazo o vivir con culpa, traicionar todo mi ser o traicionar a un inocente; en eso pienso a toda hora. Tengo la cabeza hecha un nudo y no me queda mucho tiempo para pensar.

17 de diciembre

En realidad, no he sabido qué escribir en estos días. Parece mentira que todo ha pasado y que terminó el semestre. Estoy aquí en el dormitorio intentando descansar y a la vez trabajando fuerte para salvarlo. La consejera consiguió que los profesores hicieran una excepción en mi caso y podré entregar mis asignaciones retrasadas. No he podido concentrarme mucho, como que la cabeza no me quiere funcionar.

Pequeños calambres persisten en mi vientre y aunque me siento aliviada, he olvidado cómo sonreír. Joaquín quiere visitarme, pero yo no deseo ver a nadie. Nuestra foto juntos sigue acá en la mesa de noche y cuando la miro, recuerdo todo lo que he vivido con él y lo feliz que hemos sido; sin embargo, es extraño que no logro reconocer a la persona que está a su lado.

Frecuentemente un cansancio imposible de

aguantar y un deseo de que algo en mi vida se sienta normal embargan mi cuerpo. O quizás mi vida de ahora en adelante se sienta así, como un agujero que abarca todo mi pecho y que no me permite respirar.

No tengo las fuerzas para pensar en si me equivoqué o si acerté.

FÉLIX

–Ma, ¿por qué soy diferente a los otros niños? –le preguntó Juancho a su madre el día que cumplió once años.

–Nadie es exactamente igual a otra persona, hijo –le había respondido ella–. ¿Ves que mi piel es morena y la tuya blanca? ¿Que tu padre es más alto que tú y que yo? Todos somos diferentes, y es lo que nos hace tan especiales.

–Yo quiero hablar y verme como ellos –insistió él, arrastrando la lengua en cada palabra.

–No tengas miedo de ser distinto –respondió ella mientras sostenía en sus manos el rostro de Juancho–. ¿Y qué si tus ojos son rasgaditos y tus manos y orejas pequeñas? A mí me encantan. En realidad, a mí me encanta todo de ti, desde que el doctor te puso en mis brazos y te vi por primera vez.

Lo que más deseaba su mamá era que él pudiera entender lo mucho que lo amaba, sin condición alguna.

Juancho ponía más esfuerzo para lograr todas esas

cosas que otros niños hacían tan fácil: atrapar una pelota, hablar rápido y hacerse entender, correr. Y sabía que algunas otras cosas jamás podría hacerlas, como tomar la misma clase de ciencias que esa niña que le gustaba.

–No dudes de ti mismo, Juancho. Podrás realizar todo lo que te propongas –le decía su mamá–. Prométeme que si algo no te sale bien la primera vez, practicarás una y otra vez hasta que puedas hacerlo, ¿sí? –había insistido ella.

Juancho había comprobado que este consejo funcionaba para muchas cosas, pero no para hacer amigos. Iba a una escuela regular y no a un instituto especializado en enseñanza para niños como él. Cursaba tres grados menos de los que le correspondían para su edad; las materias le resultaban difíciles y sacaba notas muy bajas. Algunos niños eran amables con él, pero no eran sus amigos.

Todo eso cambió cuando Félix llegó a la vida de Juancho, en el cuarto grado de primaria. Juancho era maltratado e insultado por Teo, un chico más alto y pesado que el promedio de los estudiantes en la escuela; tenía unas cejas gruesas que se unían en la frente, haciendo una sola línea de cabellos negros y desordenados. Un día que Teo le propinó un empujón y Juancho se levantó del piso del baño para lavarse la cara y arreglarse la ropa, Félix se preocupó por él y se interesó en saber cómo estaba; hasta había querido ayudarle con los libros, pero Juancho ya los había recogido. Luego, en cada revolcada o empujón que Teo le daba, Félix venía, y aunque no era mucho lo que podía hacer, porque Teo era temido por todos en la escuela, la presencia de su amigo lo reconfortaba. Félix lo había ayudado y aceptado sin criticarlo, como hacen los buenos amigos.

Cuando cursaba el sexto grado, Juancho le dijo a Félix que el grandulón de Teo se había mudado de escuela y que ya no lo molestaría más. Pensó que quizás Félix estaba aburrido y querría tener nuevos amigos porque los conocidos de Juancho invariablemente terminaban dejándolo tarde o temprano; pero Félix no se marchó y continuó acompañándolo en todo. Juancho le contaba sobre las cosas importantes que pasaban en su vida: los altos y bajos de la escuela, los videojuegos que le gustaban, los enamoramientos con las muchachas y el primer trabajo que consiguió en la juguetería; también cuando cumplió treinta y cinco años y su mamá le hizo un pastel de dos pisos.

La última vez que Félix vino a visitarlo fue cuando el papá de Juancho murió, hace tres años. En esa oportunidad Juancho le dijo a Félix que quizás no podrían verse más porque tenía que dedicarse enteramente a cuidar y acompañar a su mamá que ahora estaba sola.

Pero hoy, después de Juancho llegar del entierro de su mamá, cuando estaba lavándose la cara frente al espejo con el pelo revuelto y los ojos rojos e hinchados, Félix había regresado para darle su apoyo. Su figura tan familiar no había cambiado en los años que llevaba conociéndolo; tenía cuerpo y estatura de niño, era delgado y de ojos negros expresivos que movía con inquietud y curiosidad, ávido de escuchar en todo momento lo que Juancho tenía que decir. Si acaso, lo que delataba el paso de los años en Félix, eran las canas que ahora tenía en sus sienes y que Juancho no había notado antes. No iban en nada con el resto de su apariencia, como un sombrero de copa en la cabeza de un mono.

Juancho se lavó la cara y tomó la toalla para secarse, y en ese momento sintió la orfandad como una punzada en un órgano vital, dolorosa y ardiente. "Me he quedado solo", le dijo a Félix con las manos apoyadas sobre el lavamanos.

Félix intentó decirle algo, pero como en tantas otras ocasiones, sus palabras no fueron necesarias. Tan solo ver a Félix le dio ánimos. Juancho estaba acostumbrado a sus silencios; de hecho, no recordaba haberlo escuchado hablar ni una sola vez.

Días después del entierro, Juancho salió al jardín del frente a chequear el buzón de correo; los pantalones arrugados le colgaban más abajo de la cintura, estaba descalzo y con el pecho lampiño al aire.

En la correspondencia había cuentas que debía pagar, cartas de bancos y ofertas de supermercados y tarjetas de crédito. Verlas le produjo un dolor de cabeza instantáneo. Leer era una tarea lenta y de gran esfuerzo para él. Su madre le había explicado varias veces qué hacer con estas cuentas, pero a él le había parecido muy complicado y se le había olvidado una y otra vez.

Juancho quiso correr y dejarlo todo, pero ¿a dónde ir? Su mamá había sido siempre su guía. Ahora le tocaría "practicar y practicar", como le había dicho ella, aunque por los momentos no tenía ganas.

Se dio la vuelta y se sorprendió al ver a Félix. Era la primera vez que lo veía fuera del espejo, más pequeño de lo que recordaba, y extraño, como de otro mundo. Félix lo hacía sentirse a gusto; a él no le importaba lo diferente que era Juancho de otras personas. Si no, ¿cómo se explicaba que aún después de tanto tiempo seguía siendo su amigo? Juancho se convenció en ese momento de que ciertamente era una persona muy especial como le había asegurado su mamá, y que jamás estaría solo.

Le sonrió a Félix y caminaron juntos hacia la casa.

EL GOLPE DE LA TRAICIÓN

Olivia no se sentía igual que otros días. Le faltó sueño durante la noche y al mirarse al espejo, vio en su rostro unas ojeras grises difíciles de esconder. Aunque esto le pasaba cada Navidad cuando recibían a los familiares de Roberto, por el estrés extra que esto le generaba, admitió que el desgano y la mala noche eran en parte también las secuelas de una pesadilla que había tenido: Roberto la dejaba por una mujer veinticinco años más joven que ella, de senos y trasero recién *hechos* y bien puestos.

En realidad, no era solo un sueño; era una amenaza latente, dado que la mayoría de los amigos de Roberto se habían casado de nuevo. Ella había tenido que entablar relación con las nuevas esposas cuando aún persistía su amistad de años con las "ex". Cada vez que encaraba a Roberto sobre el asunto, él desestimaba sus argumentos; o digamos que nunca los había criticado en forma tan categórica como a Olivia le hubiera gustado a pesar de que le ponía el tema en bandeja de plata.

–¡Qué necedad la de estos hombres! Tirar sus matrimonios por la borda y ¿para qué? Para recorrer un camino ya trillado –le decía ella.

–Cada loco con su tema, amor. La verdad no sabemos en qué estaban pensando cuando dieron ese paso, pero no es asunto nuestro. Siguen siendo nuestros amigos –le respondía él, y cerraba así el asunto.

En las reuniones con las viejas amigas, todas descuartizaban amargadas a sus exmaridos. Se burlaban por las torturas a las que estaban sometidos ahora que eran padres de nuevo, y porque seguro le dijeron adiós al sexo fresco y espontáneo y a las levantadas tarde los fines de semana.

Junto con otro amigo del clan, Roberto formaba parte de un subgrupo que las mujeres llamaban del tipo *mejor-me-quedo-aquí-y-no-invento.* Según los relatos de la misma familia, el padre, su abuelo y hasta el bisabuelo de Roberto llevaron matrimonios sin amor, pero con el gusto del deber cumplido.

Olivia se preguntaba a veces si Roberto seguía con ella por la fulana tradición o porque realmente la quería. Después de treinta años de casados el amor entre ellos se había transformado, claro. Había pasado de encuentros sexuales fogosos hasta en el automóvil cuando novios, a encuentros planeados de segundas lunas de miel, y de allí a algo más sereno, a compartir otras cosas más allá del sexo.

Olivia se arregló y salió de tiendas a comprar lo que le faltaba, incluyendo un regalo para Roberto. Terminó comprándole un juego de yuntas muy elegantes para sus reuniones de negocios y un lápiz para su *iPad.*

De regreso en casa llevó todos los regalos al closet.

Envolvió de una vez los de Roberto antes de que él llegara del trabajo y los escondió detrás de unas cajas de fotografías viejas; llegado el día de Navidad, los pondría debajo del árbol.

De pronto recordó la manía que tenía su marido de dejar la compra de regalos para el mismísimo día de Navidad, la cual ni años de persistentes reclamos lo habían hecho cambiar, y sin poder controlar su curiosidad, empezó a mover cajas y bolsas en los estantes altos del closet. Quería saber si esta vez Roberto se había tomado la molestia de comprar los regalos con tiempo.

Para su asombro, detrás de una caja de sombrero que sobresalía un poco del estante, Olivia encontró dos cajas de su joyería favorita; estaban envueltas en un papel plateado brillante con un lazo en el centro hecho de cinta dorada de raso.

Sonrió y se le escapó un suspiro de alivio. ¿Querría su marido cortejarla y agradarla de nuevo como cuando eran novios? Esta idea la emocionaba como a una adolescente. Se sentía plena y feliz la mayor parte del tiempo, pero la inseguridad la acechaba; los cambios hormonales de la edad la volvían irritable y depresiva, y tenía miedo de que Roberto no sintiera por ella lo mismo de antes. Que necesitara algo más. Algo *extra*. Esto le mantenía el alma en vilo; según sus amigas, todos los hombres eran iguales –Roberto no era excepción– y era mejor estar en guardia para no darles tregua. Al final dejó de imaginar tanta bobería, salió de su cuarto y se ocupó en todo lo que le faltaba por hacer antes de que llegaran los parientes de Roberto a pasarse unos días.

En la noche del día de Navidad cenaron, bebieron y

se intercambiaron los regalos. Olivia estaba cansada, pero satisfecha de que la familia se veía contenta. Roberto y ella dejaron el intercambio de sus regalos para lo último, cuando la mayoría de la parentela ya estuviera en la cama.

–¡Feliz Navidad, gatita! Ojalá te guste mucho –dijo Roberto entregándole solo una de las cajas que ella ya había visto.

Olivia le sonrió a la vez que le entregaba los obsequios que tenía para él.

–Anda, ábrelo, quiero saber si te gusta –insistió él.

Olivia se preguntó qué habría pasado con la otra caja, si él habría olvidado dársela; seguro fue eso, olvido. Roberto era muy despistado. "No tiene importancia", pensó, queriendo convencerse a sí misma.

–¡Me encantan! –dijo Olivia, mirando la cadena y los zarcillos de oro blanco con cuarzo rosado que estaban en la caja, a la vez que le daba un beso de agradecimiento a Roberto en la mejilla.

Antes de iniciar su rutina nocturna para irse a la cama, se probó las prendas frente al espejo y sonrió, pese a que la duda persistía en su cabeza. Se reprendió a sí misma: no podía ser una malagradecida, lo material no era lo primordial, y ella lo sabía. Además, seguía siendo su "gatita" como la llamaba él desde el principio, ¡eso era lo importante!

Cuando los familiares de Roberto se fueron días después de la Navidad, Olivia empezó a relajarse y a hacer las cuentas decembrinas. Chequeando las tarjetas de crédito, vio que la factura de la joyería indicaba un monto muy elevado y no era típico de Roberto gastar esas cantidades en regalos. Tampoco había registrada ninguna devolución y Roberto solo le había entregado una de las cajas. Rebuscó entonces en el closet para comprobar si la otra caja seguía allí y al no encontrarla, tuvo esa sensación que acompaña a una caída súbita e inesperada en la montaña rusa.

Olivia no tuvo el chance de hablar con calma con su marido en los días siguientes. Roberto salía muy temprano de la casa, regresaba muy tarde y siempre estaba en reuniones de trabajo o viajando. Las semanas de fin de año eran las más activas en la compañía. O quizás él estaba eludiendo la oportunidad de aclarar la situación y la historia de sus amigas comenzaba a repetirse, se planteó Olivia.

Detestaba de su marido que no hablara de frente; podía ser más cerrado que un coco y por lo general ella tenía que adivinar lo que él pensaba. Ni siquiera parecía darse cuenta de las insinuaciones que ella le hacía.

Eludió a sus amigas toda la semana para no hablar del tema del regalo. No podía disimular la preocupación y por el momento prefería ser discreta; si se enteraban de la situación, eso pondría todo en categoría de catástrofe.

Una tarde, aburrida como una hicotea pero con la cabeza llena de ideas, Olivia se paró frente al espejo. La menopausia le había quitado brillo a su rostro y a su cabello, y había agregado centímetros a su cintura que años antes había sido como la de un reloj de arena. Tampoco podía complacer a Roberto sexualmente como en los primeros años de la relación, a juzgar por cómo ella misma se sentía.

La dieta que habían comenzado juntos el año pasado había sido muy difícil de cumplir para Olivia.

Se había propuesto en aquel momento llegar al peso ideal para su siguiente cumpleaños, pero con tantos cambios en su cuerpo y con toda la ansiedad acumulada, aún estaba muy lejos de lograrlo. En cambio, a Roberto solo le faltaba bajar tres libras para llegar a su objetivo. ¡Nunca había puesto él tanto empeño en perder peso y nunca había lucido tan bien como ahora!

"¡Qué vida tan inmunda!", pensó Olivia. ¿Cómo no lo había visto antes? No existía otra explicación: Roberto se estaba aburriendo de ella y lo más seguro es que estuviera pensando en una sustituta. Después de todo, ella también empezaba a estar un poquito harta de él, ¿por qué no admitirlo? ¡Qué "gatita" ni qué ocho cuartos!

Olivia creyó caer al vacío y sin paracaídas: Roberto había obsequiado ese regalo a su amante, con certeza mucho menor y más linda que ella. Pronto pasaría a formar parte del club de las amargadas exesposas, quienes seguramente la recibirían con los brazos abiertos: "Te lo advertimos, querida". Por mucho tiempo le había perdonado a Roberto su falta de espontaneidad y lo cerrado que era, pero ya no más; tendría que encararlo al regreso de su viaje de negocios.

Al llegar, Roberto se le adelantó y la invitó a cenar a un lugar exclusivo y poco concurrido. "Necesito que hablemos, Olivia, que podamos conversar tranquilos y sin tantas interrupciones", le dijo él. "¡Es el lugar perfecto para cantártelas a ti también, desgraciado!", pensó ella.

Olivia había aguantado el llanto por días, ¿qué importaban unas horas más? Después lloraría diluvios, pero por ahora no le daría el gusto de que la viera destrozada; hoy se comportaría como la más digna de las mujeres. Tampoco esperaría la confesión de Roberto; ella daría el primer golpe y ya tenía preparado lo que le diría.

Olivia comenzó a vestirse con pasmosa lentitud y seriedad, como quien va a un funeral. Se decidió por un traje negro de lunares blancos entallado, de escote no muy bajo, pero todavía insinuante. Los zapatos rojos de tacón alto y delgado hacían ver sus piernas estilizadas. Llevaba su cabello negro en ondas que le caían sobre los hombros, y sus ojos grandes, heredados del lado árabe de su familia, los maquilló de un púrpura claro que resaltaba su color marrón amarilloso. También se puso la cadena y los zarcillos que Roberto le había regalado dos semanas atrás. "Te los tiraré en la cara en el momento apropiado, sinvergüenza", pensó.

Llegaron al restaurante y se sentaron a la mesa que les habían reservado. Apenas los atendió el mesero, Roberto ordenó la champaña que les gustaba a ambos. La cara de Olivia ardía.

–Hoy estás lindísima, gatita –le dijo Roberto.

Su reciente viaje lo había dejado con bolsas debajo de los ojos.

–Dime la verdadera razón del porqué hemos venido a este lugar –le exigió ella.

–¿Verdadera razón? ¿Qué verdadera razón? –preguntó él, desconcertado.

–Sí. Que hables claro y digas de una vez lo que quieres decirme –dijo ella entre dientes.

Olivia parecía un tigre a punto de atacar.

–Oye, sé que no he sido muy atento y comunicativo en estos días, pero…

–¡Deja ya de disimular! –chilló Olivia, con los ojos húmedos.

La pareja que estaba en la mesa de al lado volteó a mirarlos.

–¡No sé de qué me hablas, gatita! –insistió Roberto.

Olivia comenzaba ya a desajustarse la cadena que le había regalado Roberto para arrojársela allí mismo –como lo había imaginado tantas veces–, cuando él continuó:

–Yo solo quería sorprenderte celebrando tu cumpleaños por adelantado en caso de que se me presente un viaje de negocios ese día.

Entonces Roberto sacó del bolsillo de su traje una pequeña caja envuelta en papel plateado brillante y con una hermosa cinta dorada de raso.

ACERCA DEL AUTOR

Norelis Luengo nació en Venezuela y cursó estudios de postgrado de Administración y Gerencia en la Universidad de Harvard y en la Escuela Internacional de Negocios Hult. Trabajó muchos años en los sectores energético y académico de su país. Le gusta un buen café, la Zumba, la lectura y es apasionada por la escritura. Persiguiendo esta pasión, ha creado una colección de historias cortas presentadas en su primer libro "Un día cualquiera". Reside en Houston con su esposo e hijos.

Made in the USA
Middletown, DE
30 April 2021